Kadokawa Fantastic Novels

不時輕聲地以俄語遮羞的鄰座艾莉同學

Иногда Аля внезапно кокетничает по-русски

Summer Stories

4.5

（好辣……真的，好辣……）

「啊～涼快一點了。」

「晚上就寢前，不用在意熱量問題，
盡情享受各種零食與飲料。
這正是睡衣派對的
樂趣所在！」

目錄

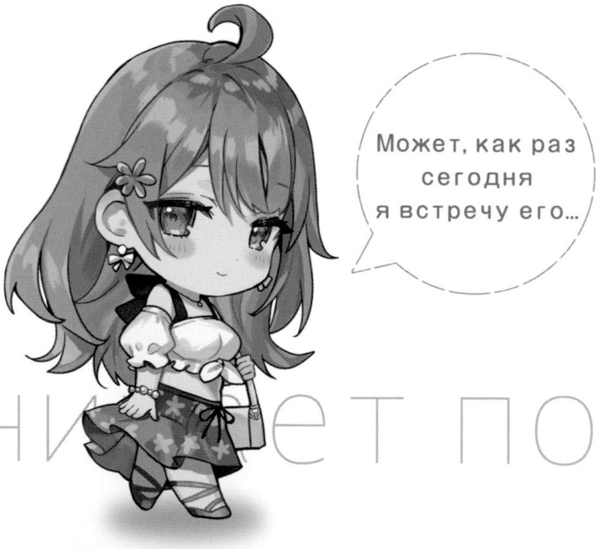

Может, как раз сегодня я встречу его...

不時輕聲地以俄語遮羞的鄰座艾莉同學

4.5

Summer Stories

燦燦SUN
插畫 ももこ
story by sun sun sun
illustration by momoco

Иногда Аля внезапно кокетничает по-русски

Kadokawa Fantastic Novels

第1話 薔薇與百合

「兄弟姊妹的重逢，不管是哪種形式都很香對吧！在一直思念彼此的狀況下完成感動的重逢也很棒，重逢之後發現彼此是敵對的立場同樣很讚！」

「說得也是。只要彼此是有血緣關係的兄弟姊妹，就可以從兩人的關係寫出一大篇劇情了。」

政近與有希是兄妹的事實曝光之後，沙也加在遊樂園美食區對有希熱烈述說「被拆散的兄弟姊妹」這種設定有多好。綾乃在一旁靜靜吃著吉拿棒，兩人卻完全不在意這種事，熱中聊著阿宅話題。不過經過十分鐘後，沙也加也逐漸冷靜下來。

「啊，不好意思……都是我在說話。那個，因為至今我身邊都沒有能聊這種話題的人……」

一直隱瞞阿宅身分至今的反作用力，導致累積許久的東西一口氣宣洩出來，沙也加對此感到難為情。她坐立不安般扶正眼鏡，嘴唇微微蠕動，縮起肩膀。平常沙也加鮮少改變自己正經又堅毅的態度，她現在的這副模樣，連有希都幾乎沒看過。

（唔，這不是挺萌的嗎？）
有希內心冒出這種感想，卻沒有顯露在言表，露出溫柔的笑容。
「沒關係的，因為我也理解這種心情。」
「……是嗎？謝謝妳。」
沙也加露出有點尷尬的笑容道謝，然而內心還是覺得「搞砸了」。
世間的隱性阿宅，大多會強烈提防自己的阿宅本性曝光。即使得知對方是同胞也一樣。是的，隱性阿宅強烈認為「自己的阿宅嗜好會引人反感」，所以即使面對同胞也懷抱「不能比對方宅得更嚴重」這種奇妙的強迫觀念。而且說來麻煩，「不能被對方察覺有所隱瞞」的這種意識也同時存在。不可以被同好知道自己對這份嗜好感到內疚。因為這也同時否定了對方的嗜好。
一直以來都隱瞞自身嗜好至今的沙也加甚至是有希，對她們而言，這是一種共通的想法。這種想法會造成一個結果。
「……」
「……」
就是兩人互探底細想摸透對方的宅度。沙也加與有希只在嘴角掛著淺淺的笑容，就這麼默默以視線相交。一旁的綾乃則默默把吉拿棒愈吃愈短。

緊張感在對峙的兩人之間逐漸高漲，在這樣的狀況中……首先開口的是沙也加。

「……話說周防同學，這期的動畫妳看了哪些？」

隨手使出先下手為強的一招。假裝不經意製造這個話題，單方面逼使對方公開宅度的惡魔棋步。以觀看的動畫數量測量對方宅度，並且從內容分析對方的喜好。這個人喜歡的是奇幻劇？戀愛喜劇？日常劇……還是連無線電視台尺度邊緣的情色劇或血腥劇也通吃？

藉由不經意說出的這句話，沙也加可以毫無風險取得龐大的情報。這就是谷山沙也加。是至今在討論會以精巧辯才埋葬眾多勁敵至今的才女實力。

沙也加的嘴角露出得意的笑。有希臉上掛著看不出情感的笑容。綾乃摺起吉拿棒的包裝紙。

「那個，我想想。這期的話——」

有希開口回應沙也加的第一步棋。沙也加當然不認為勝負會就此底定，預料有希會列舉幾部大眾口味的作品，回以「那麼沙也加同學呢？」這句問題回擊。

但是這一點不成問題。因為沙也加擁有「和妳一樣，我也有看那部作品」的必殺反擊技。

（在這場心理戰，最安全的策略就是緊貼在對方背後，對方怎麼回，我就跟著怎麼回。在先發制人的時間點，我的字典就沒有敗北這兩個字。）

沙也加確信自己占了壓倒性的優勢，從容等待有希回答。然而……

「首先，《劍禍》與《那場夢》是必修對吧？依照事前評價，大家都說《劍禍》是這期的霸權，不過《那場夢》從第一集就過於完美，感覺一口氣躍升為霸權候補了。此外，《騎校》與《異世界隧道》的完成度很穩定。我個人認為《陷區》是黑馬。原本擔心原作的激進描寫在動畫會怎麼呈現，不過重現度超乎預料。還有，《鋼霸魯翁》到了第二期感覺也有延續氣勢，然後……」

「！」

在這個狀況，有希採用的居然是零防禦戰法。完全無視於心理戰，徹底公開。從奇幻劇到戀愛喜劇，從感人動畫到機人動畫，甚至包括情色血腥黑暗奇幻劇，驚濤駭浪般悉數公開的這些情報，使得沙也加眼鏡後方的雙眼驚慌失措。

沙也加陷入混亂。有希輕聲竊笑。綾乃去買第三根。

「所以，沙也加同學妳呢？」

「那個……」

有希提出預料之中的問題。但是在這之前的展開過於出乎預料，使得沙也加一時之間答不出來。這麼一來，必殺技「和妳一樣，我也有看那部作品」也無法使用。因為有希列舉的作品之中，包括好幾部沙也加沒看的作品。不過這種事可以老實說出來嗎？這樣會不會拐彎抹角否定了對方的嗜好？

在慌張又苦惱的沙也加面前……臉上依然洋溢笑容的有希輕聲呢喃。

「零號……」

剛開始，沙也加聽不懂意思。大致上毫無脈絡可循又莫名其妙……卻觸動內心深處的這兩個字，使得沙也加肩膀一顫。此時有希進一步追擊。

「白色黑暗……」

「！」

「力量的代價……」

「！」

聽到有希連續說出的迷人字詞，沙也加身體自然產生反應。有希見狀輕聲一笑，以開玩笑的語氣開口。

「這是初期的廚二病。建議要儘早治療喔。」

「什……！」

在宅圈也有許多人避之唯恐不及的「廚二病」這個病名，使得沙也加反射性地想要反駁。但是有希說出的字詞確實令內心略感興奮……看著結巴的沙也加，有希加深笑容勸說。

「別再打奇怪的心理戰好嗎？我想妳已經察覺了，說到宅度肯定是我在妳之上，所以妳也不必隱瞞了吧？」

「！」

有希不只是毫不隱瞞地公開自己宅得多深，還要求沙也加放下羞恥與顧慮。這個提案對於沙也加來說是求之不得。明明肯定求之不得……沙也加從這個提案感覺到的卻不是安心，是競爭心。

「呵，呵呵……是這樣嗎？確實，說到接觸的作品數量，我或許不如妳……但是對於每部作品的愛，我可不會輸給妳哦？」

沙也加慢慢將眼鏡向上推，露出無懼一切的笑容。對此，這次輪到有希露出從容的笑容。接著，舌戰開始了。

「上週的《劍禍》，聲優在最後一段的演技出神入化對吧？那位聲優在《鋼迪洛》也展現美妙的演技——」

「如果要說這個，我反而覺得演反派的聲優——」

「啊啊對了對了，上上週《那場夢》在ＥＤ的特殊演出，妳有發現嗎？播到一半出現至今沒有的耐人尋味——」

「那當然吧？跳過ＯＰ與ＥＤ很沒品，我可不會這麼做。我個人覺得那是——」

構圖和剛才完全相反，兩人這次改成比賽誰的宅度比較高。在校內的穩重形象消失無蹤。位於該處的就只是兩個普通的宅女。就這麼上演舌戰約二十分鐘時，有希突然閉口。

「恕我失禮一下。」

然後有希知會一聲，從口袋取出手機。看著振動的手機畫面，有希眉頭一顫。

「不好意思，請容我暫時離座。」

有希說完起身，將手機抵在耳際離開。看來有人打了緊急電話給她。

「……」

「……」

然後，留在原地的只有沙也加與綾乃。沙也加默默看向綾乃。承受她的視線，綾乃一口氣將第四根塞進嘴裡。

「那個，不用吃得這麼急也沒關係啊？」

沙也加貼心這麼說，不過綾乃像是中了「嘴巴離開吉拿棒就會死」的詛咒，猛然將整根吉拿棒送入口中，再以奶茶追加水分，將塞滿嘴的吉拿棒一口吞下肚。

「唔！……」

然後綾乃若無其事端正坐姿，筆直注視沙也加。即使面對這雙視線有點畏縮，沙也加還是清了清喉嚨，同樣端正坐姿。

「重新來過吧，君嶋同學。抱歉現在才自我介紹，我是谷山沙也加。雖然我們同年級，不過至今很少交談對吧？」

「是的。像這樣面對面交談應該是第一次。」

「說得也是……所以那個，君嶋同學，聽說妳是周防同學的侍從……？」

「侍從……是的。啊！」

此時綾乃像是忽然想到什麼般將視線朝上，慢慢站起來，然後突然以右手遮住半張臉，雙手交叉擺出濃濃廚二味的姿勢，朝著頻頻眨眼的沙也加露出招牌表情（面無表情）開口。

「寫成兒時玩伴，念成女僕。君嶋綾乃。」

搞定。完美搞定了。

綾乃的自我介紹過於完美，沙也加張著嘴巴愣住，再度露出非常罕見的表情。她面前的綾乃就這麼面無表情再度換姿勢，以讀稿般的語氣說下去。

「『兒時玩伴』是隱居避世的虛假身分。政近大人由我們真‧女配角來守護。」

以夏日陽光為背景帥氣擺出姿勢之後，綾乃隱約洋溢著大功告成的氣息，一屁股坐在椅子上，然後朝著沙也加低下頭。

「……非常抱歉。原本應該由有希大人先自我介紹說：『寫成兒時玩伴念成親妹！周防有希！』才對。」

「……咦？咦，會這麼做嗎？周防同學她？會像剛才那樣？」

「嗯？是的。這是表明真實身分時的正式做法。」

「……」

綾乃看起來毫不懷疑也毫不害羞，使得沙也加靜靜感到戰慄。只有初期廚二病的自己，看不見能與其對抗的未來。

（好……好強的先發制人……居然在撼動對方內心的同時，一口氣搶走對話的主導權……）

沙也加按著病魔被刺激而隱隱做痛的胸口，用力咬住嘴唇，然後朝著（看起來像是）從容注視這邊如何出招的綾乃，像是挑戰般發問。

「所以，從擔任周防同學的侍從……女僕？的君嶋同學看來，平常的周防同學和久世同學是什麼樣的關係？」

「……」

聽到沙也加這麼問，綾乃像是要試探真意般目不轉睛注視她。

大概是把沙也加視為有希在選戰時的假想敵，進而思考該如何回答吧。
不過，綾乃這種想法實際上沒有任何意義。
因為這個問題和選戰毫無關係……單純是沙也加個人的興趣。
對於昔日的沙也加來說，政近與有希是一對最佳搭檔。其中完全沒有負面的敵愾心態，只存在著一種相互認同的信賴感。而且選戰的敗北成為契機，將這份信賴轉變為純粹的尊敬。
事到如今坦白說吧，沙也加是兩人的粉絲。
不只認為那兩人是無比理想的搭檔，甚至冒出「快點結婚吧。不對，慢慢來也沒關係，拜託請你們幸福結為連理」這種想法。如果出現了妨礙兩人情感的傢伙，沙也加會代表粉絲們全力驅除。
這樣的沙也加，接收到「兩人是兄妹，無法結婚」這份情報之後的反應是……
（完全可以。反倒是香到不行。）
……是這樣的感想。這麼一來，身為粉絲的她不能錯過這個機會。
（我想聽……這對和睦兄妹的事蹟！）
不過，綾乃也不會輕易洩漏情報。
「……在下是隨從。不能擅自公開主人的情報。」

無論沙也加怎麼想，綾乃當然會這麼做。但這種程度也早在沙也加預料的範圍。

「哎呀，這樣啊。那麼，我去問其他人吧？」

「……其他人？」

綾乃歪過腦袋，沙也加喝著飲料平淡說下去。

「既然從君嶋同學這裡問不到，就只能問其他人吧？只要去找其他和周防同學或久世同學走得比較近的人，應該至少有人知道他們兩人是兄妹。比方說……九条艾莉莎同學？」

這是拐彎抹角暗示「如果不從實招來，我就要把他們兩人是兄妹的事實傳出去」的威脅與試探。然而個性率直的綾乃沒察覺這一點。

「這樣……會很困擾。」

正因如此，所以她老實這麼說。沒料到過於老實的這句發言提供了情報給對方。

（原來如此，對於身邊的人們來說，兩人是兄妹的這件事是祕密。就連九条同學也不知情是吧。）

如果是有希或政近，應該不會這麼輕易露出破綻。

綾乃說出「這樣會很困擾」這句話，等同於告知這是自己的弱點。如果是他們兩人，肯定會巧妙以話語逃避，或是反過來威脅加以牽制。

（剛開始真的被她嚇到……不過只要搶到主導權，就是很容易操控的對象。）

沙也加在內心如此評價，同時毫不留情進入收成階段。

再三強調，這只是身為粉絲想要攝取鐏元素。沙也加有著偶像宅的一面。

「那麼，可以請妳告訴我嗎？我並不是想要揭露周防同學或久世同學的隱私，只是好奇他們兩人平常過著什麼樣的生活。」

「……」

沙也加在內心是雙手握著主推應援扇，雙眼露出貪婪目光的狀態，表面上則是以平淡態度發問。看到綾乃繼續保持沉默，她稍微緩和語氣。

「那麼，只說今天的狀況就好。遇見我們之前，他們兩人做過什麼樣的事？」

「……」

沙也加展現的讓步，使得綾乃視線游移……嘴巴開闔好幾次之後，像是認命般看向下方。確信勝利的沙也加嘴角露出笑容，在內心作勢準備全力揮動主推應援扇——

「有希大人在床底下出不來……然後政近大人把她拉出來了。」

「為什麼？」

沙也加表情變得正經。內心的迷你沙也加也是雙手拿著扇子愣住。她半反射性地反問，然後維持正經表情，以混亂的腦袋咀嚼綾乃的話語。

（床底下？這是什麼狀況？話說，我想聽的不是這個……啊，假情報？為了讓我混亂？）

想到這裡，沙也加整理思緒，同時暫時捨棄剛才內心「容易操控」的評價，重新面向綾乃……

「有希大人變得像是蓑衣蟲，所以費了好大的工夫才拉她出來。」

「所以說為什麼？」

沙也加腦中冒出有希變成蓑衣蟲的模樣，立刻以許多問號塗抹覆蓋。

「綾乃？開玩笑要適可而止哦？沙也加同學也是，請不要過度惡整綾乃好嗎？」

此時，有希回來了。

她肯定沒聽到至今的對話過程，卻像是全部聽在耳裡般隨口警告沙也加。對此，沙也加也立刻以若無其事的笑容回應。

「哎呀，我只是請她透露一些情報啊？不過或許有點操之過急就是了。」

「這樣嗎？總是冷靜的沙也加同學居然會操之過急，真是難得。請問剛才到底在聊什麼話題呢？」

「只是在確認周防同學與久世同學是否真的是兄妹。因為某些部分我實在無法好好信服。」

「啊啊，原來是這麼回事。總之，如果妳不肯相信也沒關係啊？反正無論如何，我們表面上都是設定為兒時玩伴的關係。」

不知道是因為原本是選戰對手，或者單純是個性不搭的問題。

兩人只要開口就自然而然變得像是在互探心機。彼此以迂迴的話語隱藏自己的真正用意，在對話時試著從對方口中套出情報。

不過，這樣的心理戰再度以有希的一句話告終。

「話說回來，沙也加同學吃ＢＬ這一味嗎？」

唐突變更話題，沙也加輕輕揚起單邊眉毛，深深坐在椅子上並且慢慢扶正眼鏡。

「周防同學……這個世界上只有兩種女性。」

「嗯？哪兩種？」

然後，她讓眼鏡的鏡片反射出詭異光輝，靜靜斷言。

「喜歡ＢＬ的女性以及不知道ＢＬ的女性。」

「原來如此。這是至理名言。」

兩人以無懼一切的視線相交，露出帶著腐味的笑容。綾乃身為沙也加所說「不知道ＢＬ的女性」，對於突然飄出來的腐臭感到不解，但她不以為意前去購買第五根。沙也加也沒在意這種事，感觸良多般扶著下顎。

「對了對了，這麼說來，在上週的《劍禍》，凱特不是拒絕娜庫夏的表白嗎？」

「啊啊，確實有這一段。」

「他那樣絕對是因為正在和蓋魯格交往對吧？」

「原來如此。」

世間收看《劍禍》的觀眾大多會吐槽說「怎麼可能啊！」的這段臆測，兩人卻不知為何有所共識。大概因為得到贊同而心情大好，沙也加接連說出這個想法的根據。

「在第二集一開始的時候，看見蓋魯格在凱特述說夢想時守護著他的溫柔眼神，我就確信了。」

這是臆測。

「說起來，他們使用的武器打造自同一頭龍，在這個時間點就暗示得很明顯。」

這毋庸置疑是臆測。

「在沙漠那場戰鬥大喊『身後就交給你了！』，這擺明是兜圈子在求婚對吧？」

妄想力再怎麼強大也要有個限度。

「……原來如此！」

連有希都變得只能如此點頭同意。

愛看ＢＬ作品卻不曾進行ＢＬ妄想的有希，差不多快跟不上沙也加的步調了。

說起來，有希只是打趣假裝成腐女，實際上喜歡百合的程度更勝於薔薇，但是沙也加無人能擋。

「最萌的場面果然是兒時玩伴吃醋失控的場面對吧？一直忍耐待在第一好友立場的嬌憐型兒時玩伴，因為打翻醋罈子而強行襲擊主角的那一段真是萌翻我也。」

無法想像出自風紀委員之口的這段發言，使得有希稍微看向遠方。看向遠方……發現政近與乃乃亞正要走回這裡，意識迅速被拉回現實世界。

（慘了啦————！）

眼前是恣意散發腐臭的沙也加。這副模樣實在不方便被熟人看見。明明剛開始看起來在提防自己的宅屬性曝光，如今卻完全放飛自我。

「而且一時衝動出手之後，就豁出去展現自己的執著……該怎麼說，即使在男女之間不被允許，在男男之間就會被允許的那種感覺……」

「說……得也是。如果是少女漫畫之類的，即使是再怎麼嬌憐的兒時玩伴，襲擊主角的話還是不太好……」

沙也加以陶醉般的表情述說，有希連忙試著修正軌道。此時，沙也加轉為露出沉鬱表情。

「就是說啊……而且大多是在推倒的時候看見主角害怕的表情而回復理智，從此之後刻意保持距離，這樣的套路很常見……大家都太溫柔了啦！明明一直很喜歡，卻因此抽身而退希望主角幸福……那麼你自己呢？你自己的幸福怎麼辦？」

「……哎，大致都會得出『〇〇的幸福就是我的幸福……』這個結論吧。」

「這只是一種妥協！只是在欺騙自己！何況主角自己問題也很大！比起各方面明顯都很麻煩的型男，和一直專情疼惜自己的兒時玩伴在一起，明明絕對比較幸福！」

沙也加以驚人氣勢竭力主張之後，把放在桌上的雙手緊握，像是從丹田擠出力氣般大喊。

「官方真的是一直持續否定我主推的配對……他們不懂我的心情嗎？」

「呃，嗯……既然主推的是兒時玩伴的純愛配對，自然會這樣吧……」

「為什麼不管是哪個男生，都會被突然出現的轉學生或是剛認識的同班同學吸引啊！比起這種來路不明的傢伙，還不如選兒時玩伴！選擇一直守護主角至今的兒時玩伴！我想要讓她幸福！」

「啊……啊哈哈……」

有希掛著乾笑，瞥向以無法言喻的表情看向沙也加的政近，背部猛然冒汗。

（好險啊——！）

話題在千鈞一髮之際成功改為安全的內容，有希暗自鬆了口氣。然後為了讓沙也加知道兩人已經回來，她朝著看向遠方的哥哥吐槽。

「哥哥大人，您憑什麼說這種話？」

「不准讀我的心。」

不經意展開的這段對話，其中「哥哥大人」的部分在沙也加的腦中不斷重播。

『哥哥大人！』

在一望無際的白三葉草花田裡，捧著花冠呼叫政近的年幼有希。

『哥哥大人～～』

害怕打雷，抱著布偶含淚呼叫政近的小女孩有希。

『真是的，哥哥大人！』

露出稍微責備的表情，為政近調整領帶的成年有希。

兄妹倆的各種美麗場面，藉由沙也加千錘百鍊的妄想力瞬間在腦中播放！

「唔！」

鼻孔差點漏出尊流，沙也加連忙按住鼻子，防止鐏元素流失。

「居……居然稱呼『哥哥大人』……太尊了……」

結果從嘴巴漏出。冷不防看見的兄妹和睦互動，似乎完全超過人體容許攝取量。

「……妳這傢伙真的很宅。」

政近隱含傻眼心情的這個聲音，使得沙也加驟然回神。自覺再度搞砸的她，即使有點為時已晚，還是勉強裝出若無其事的表情起身。

「不好意思，耽誤妳不少時間。」

「不會，我也聊得很愉快。」

「是嗎？那就好……久世同學也是，抱歉剛才突然逼問你。」

「啊啊不，畢竟多虧有妳，我才察覺自己戒心不夠……不過，關於這件事……」

政近露出難以啟齒的表情含糊這麼說，沙也加正確理解他的意圖點頭回應。

「嗯，兩位是兄妹的這個事實，我會藏在心底。乃乃亞也沒問題吧？」

「嗯？哎，沒問題啊？」

「就是這麼回事。那麼，抱歉打擾了。我們就此告辭。」

「唔，喔，這樣啊。那麼再見。」

「很高興見到你們，祝各位有個美好的暑假。」

「到了新學期再見吧。」

「喔喔～～那麼拜拜～～」

打過招呼之後，沙也加和乃乃亞一起匆匆離開。完全脫離政近與有希的視線範圍時，沙也加雙手掩面蹲下。

「我搞砸了……」

「喔喔，怎麼啦沙也親，還好嗎？」

「可能不太好……啊啊，周防同學是同志讓我開心過頭，過度解放自我了……」

即使發出充滿後悔的聲音，只要回想起有希與政近的互動，自然就會露出笑容。

「不過，好尊……」

「啊啊～～……是喔。」

「謝天謝地……這樣我就可以再努力一個月了……」

「這是什麼邏輯？」

乃乃亞像是不知道該如何反應般問完，蹲在地上合掌感謝的沙也加頓時睜大雙眼。

「『萌』會為日常生活帶來色彩，『尊』會帶來人生的活力！」

「……我很明白喔～～」

乃乃亞明顯以讀稿語氣當成耳邊風帶過，沙也加不以為意，注視著遠方某處。

「有一種『尊』，只能在欣賞感情很好的親生兄弟姊妹時攝取……」

「同感～～」

乃乃亞一邊滑手機一邊這麼說，然後忽然抬頭。

「……難道說，妳經常來我家也是這個原因？」

「唔……」

沙也加迅速移開視線。乃乃亞半閉雙眼看著她的後腦杓。經過十幾秒的沉默，沙也加以有點尷尬的聲音斷續低語。

「……玲亞小妹與烈音小弟也是感情很好，令人會心一笑對吧？」

「嗯？他們感情好嗎？」

「只要是雙胞胎就很尊了！」

乃乃亞歪過腦袋的瞬間，沙也加猛然轉過頭來竭力主張。乃乃亞對此也只能稍微向後仰回答「這樣啊」。

「即使針鋒相對，背地裡也清楚感覺得到彼此的愛。有著確實的信賴感。這樣很尊的……」

「這樣啊……不提這個，是不是差不多該站起來了？總覺得大家都在看。」

「啊……唔唔！」

此時沙也加終於察覺周圍視線都集中在蹲著的自己身上。她輕咳幾聲站了起來，然後以尷尬的表情開口。

「那個，希望妳別誤會……我去妳家並不只是為了見玲亞小妹與烈音小弟啊？」

「我知道啦……妳想看我和玲亞和睦相處的模樣對吧～～？」

「真……真是的，不是這樣啦……妳是明知卻這麼說吧！」

沙也加對於這句調侃露出責備般的眼神，乃乃亞揚起嘴角笑嘻嘻看向她。

「嗯嗯～～？妳說呢～～？我好想聽沙也親自己說耶～～」

「真是的，不理妳了！」

沙也加說完撇過頭去，扔下乃乃亞快步前進。不過乃乃亞就這麼掛著笑嘻嘻的表情待在原地不動，沙也加前進幾步之後轉過身來，像是不高興般叫她。

「真是的～～小乃！不要這麼壞心眼啦！」

「啊哈，抱歉抱歉。」

乃乃亞隨即甜笑跑過來，伸手挽住沙也加的手臂。接著她以稍微正經的語氣，詢問賭氣別過頭去的沙也加。

「不過啊～～和阿世他們道別沒關係嗎？我覺得也可以選擇和他們一起玩啊？」

聽到乃乃亞這麼問，沙也加視線瞥向她，然後面向前方以冷靜聲音回答。

「這麼做真的會妨礙到他們吧。畢竟我們和他們三人的交情沒那麼好。」

「啊～～是啦……不過既然這樣，不是也可以趁著這個機會增進情誼嗎？反正已經不是敵對的候選人了。」

「……這種事也不要做比較好吧。因為即使不是敵對的候選人，也差不多是這種立場。」

「也是啦。」

沙也加從剛才宅力全開的狀態搖身一變，冷靜又平淡地這麼說明，看起來完全回復為以往的模樣。只要阿宅症狀或是壞脾氣沒發作，沙也加就是非常理性的少女。

「而且話說回來，我並不是想和他們兩人成為好朋友。」

「咦，是嗎？」

「是的。我只是想以觀眾身分欣賞那兩人的尊貴互動。」

……她是理性的少女。不，這是真的。乃乃亞在一旁像是在問「妳一臉正經說這什麼話」般瞇細雙眼，不過真的是這樣沒錯。

「而且，今天原本就是和小乃來這裡玩，沒有比這更優先的事情要做。」

沙也加一邊聳肩，一邊若無其事般這麼說。乃乃亞對此睜大雙眼……開心一笑。

「沙也親基本上也很喜歡我對吧～～」

「真是的……那當然吧？因為我們是摯友。」

「這樣啊這樣啊～～我也喜歡沙也親哦～～？」

乃乃亞掛著開心的笑容，身體緊貼沙也加。沙也加即使稍微下垂眉角也沒有特別抗拒。兩人就這麼前進一陣子之後，沙也加像是重整心情般輕吐一口氣，環視周圍。

「好啦，接下來要去哪個——」

就在這個時候……

「呵呵呵，挺恐怖的對吧～～哥哥大人？」

「哪裡恐怖了？妳這傢伙玩得超快樂吧？」

「不不不，沒這種事。哥哥大人的手臂好可靠耶～～？」

政近露出白眼，有希摟著他的手臂，以奇怪的大小姐語氣說話。綾乃是附帶的。

兩人撞見剛好走出鬼屋的三人組。預期之外的遭遇第二彈。

這次是同時察覺彼此，同時停下腳步。

現場洋溢著難以言喻的氣氛。

在這樣的狀況中，沙也加按住眼鏡鼻橋慢慢往上推，保持理性表情說出一句話。

「請繼續。」

同時沙也加的鼻子靜靜冒出一道尊流（鼻血）。

第2話 公主與女神

「姊！幫我做頭髮！」

「嗯嗯～～？」

暑假的某一天，乃乃亞在自己房間放鬆的時候，房門被猛然打開。衝進房內的是留著一頭焦茶色頭髮，眼角稍微上揚，看起來個性好勝的美少女。她是乃乃亞小兩歲的妹妹——宮前玲亞。

妹妹沒敲門就闖進來，正在床上滑手機的乃乃亞半閉雙眼瞥向她。

「玲亞……要記得敲門——」

「這種事不重要！好不好，拜託啦！」

「……好啦好啦。」

玲亞在臉前合起雙手可愛央求，乃乃亞靜靜從躺著的床上起身。然後她讓妹妹坐在化妝台前，把燙髮器的插頭插入插座。

「……所以？今天要做成什麼感覺？」

「那個，我要姊上週攝影做的那種感覺！」

「收到～～」

乃乃亞一邊搜尋記憶一邊梳理妹妹的頭髮時，一名看起來有點調皮的少年從沒關上的房門外露臉。

「喂，快一點啦。不然會來不及吧？」

「囉唆，不可以催促女生。不然會沒人愛哦？」

「啊？我很搶手的。」

揚起單邊眉毛不悅地回嘴的少年，是玲亞的雙胞胎弟弟宮前烈音。他是長得和玲亞很像的美少年，某些人說出口只會招致失笑的搶手發言，出自他口中也毫無突兀感。實際上，烈音也因為和玲亞一起以雙胞胎少年模特兒的身分活躍，所以非常受歡迎。只不過，這是這三名姊弟妹的共通點。

「今天要和模特兒朋友去玩嗎～～？」

「嗯，和上次攝影認識的那些人去玩～～啊，姊也要來嗎？」

「嗯～～？今天我有約了，沒辦法。」

「這樣啊～～那麼，今天也是我一個人獨大嗎～～？」

任憑乃乃亞做頭髮的玲亞，露出小惡魔般的笑容。看見映在化妝台鏡子裡的這張表情，靠在門邊的烈音明顯板起臉。

「妳這個婊子。」

「啥～～？老是一個換一個的你這傢伙沒資格這麼說吧～～？」

「我的狀況只是對方主動接近，又不像妳看到誰都想勾搭。」

見姊弟倆透過鏡子互瞪，開始口出惡言拌嘴。乃乃亞從鏡子看著他們兩人，毫不在意般開口。

「哎，你們兩個適可而止吧。媽媽吩咐過吧？就是——」

「好好好，我知道，放心吧，我有守住最後防線。而且說起來，帥哥也不是我的菜啊～～？對自己有自信的男生，總覺得很討人厭，讓人受不了吧～～？」

「那就不要勾搭啊？」

「這是兩回事。被帥哥吹捧不是很爽嗎？」

「嘖！」

烈音厭惡般咂嘴，但是被乃乃亞透過鏡子一瞥，就有點畏縮般移開視線。

「我先去玄關了。」

然後他身體離開門框，轉過身去。乃乃亞在他的身後發問。

「手帕面紙帶了嗎？」

「煩死了，有帶啦。姊姊，不要把我當成小孩子。」

「嗯？我又沒有把你當成小孩子，只是當成弟弟啊？」

「我聽不懂妳在說什麼。」

對於姊姊的反駁，烈音扔下這句話之後快步離開。

「……那就是所謂的叛逆期嗎？」

「應該吧～～？受不了，真是個小屁孩。」

如此哼聲回應的玲亞，年齡也和烈音完全一樣就是了。乃乃亞沒吐槽這一點，放下燙髮器後退一步，確認玲亞頭髮的成果。

「這種感覺怎麼樣？」

「嗯，謝謝妳！那我出發了～～」

「嗯～～」

目送露出迷人笑容的妹妹離開房間之後，乃乃亞瞥向房間的時鐘。

「……我也差不多該準備了。」

乃乃亞自言自語之後，坐在玲亞剛才坐的椅子，以燙髮器將頭髮燙直，從肩頭以下綁成麻花辮。

接著她打開三公尺寬的衣櫃，井然有序掛在裡面的是難以想像總金額的各種名牌服飾。乃乃亞對這些衣服看都不看一眼，從堆疊在底板的衣服收納櫃拉出樸素的女用上衣與裙子，然後從另一個衣服收納櫃取出同樣簡樸的包包、帽子與黑框眼鏡，開始穿上這些衣物。

「……哎，大概是這種感覺？」

像這樣穿搭之後的成果，是如同藝人私下外出時的服裝風格。她那副以正常標準來說會過於顯眼的亮麗容貌被抑制下來，甚至隱約洋溢清純氣息。

乃乃亞在鏡子前面確認打扮，稍微做個表情練習之後出門。目的地是車站後方略深入巷弄的KTV店。老實說那裡不太乾淨又有菸味，但是因為沒有監視器也幾乎沒有店員巡視，所以不良學生或是窮情侶經常利用這間店。

「嗚，噫，嗚……」

「？」

走在複雜巷弄要前往那間店時，乃乃亞聽到某個小小的嗚咽聲，移動視線確認。

接著，轉角處蹣跚走出一名看起來五到六歲的男童。看來是迷路了，他臉上滿是淚水，漫無目標四處徘徊。

「嗚，嗚嗚～～……」

「……」

在治安不算好的場所，一邊哭泣一邊徘徊的孩子。乃乃亞朝他一瞥……不太在意般當成沒看見。雖然並不是在趕路，卻也不覺得需要特地協助這名男童。

乃乃亞知道世間普遍認為「小孩子應該溫柔對待」，如果周圍有認識的人，乃乃亞或許也會配合旁人這麼做。不過現在這裡沒有乃乃亞認識的人。而且最重要的是，雖然父母也吩咐過「要溫柔對待弟妹」，卻沒說「要溫柔對待小孩子」。既然這樣，乃乃亞就沒有理由幫助迷路的孩童。會被孩童哭聲打動的良心？她打從出生以來就沒有這種東西。

「歡迎光臨～～請問幾位？」

「啊，我是來會合的。那個，包廂號碼是……」

乃乃亞抵達目的地的ＫＴＶ，向一副懶散的店員告知是來和先到的朋友會合，依照手機收到的包廂號碼走上三樓。

「啊，乃乃亞！等妳好久了～～！」

進入會合場所的包廂之後，一名少女像是飛撲般跑過來。乃乃亞對她露出非常親切又開朗的笑容。

「對不起哦？那個，請問我是最晚到的嗎？」

乃乃亞以不同於以往的柔和語氣如此詢問，然後環視包廂內部。坐在沙發上的三名男生，像是要回應她的視線般露出親切笑容。

「對，總之別在意吧？畢竟是我們找妳過來的。」

「嗯嗯，反倒該說對不起哦？明明是難得的假日。」

「有件事無論如何都想早點通知妳……總之先坐吧。」

一名男生說完指著自己身旁，另外兩人的眼神隨即發出危險的光輝。

「喂，你怎麼趁亂邀她坐你旁邊啊？」

「真是的，都不能掉以輕心……」

「好了好了男生們，不要進行醜陋的鬥爭。乃乃亞，來我這裡一起坐吧？」

以冰冷視線看向這三名男生的少女，轉為朝乃乃亞露出笑容，邀她坐自己身旁。

抓準機會有效活用同性立場的她，這次輪到男生們冰冷看過來。但是少女不把這些視線看在眼裡，若無其事拿起點歌機遞給乃乃亞。

「總之，先唱歌吧？我想聽乃乃亞的歌。」

「喔，這樣不錯。」

「嗯，我也想聽。」

「來首歌吧，乃乃亞。」

「唔，嗯～～？……我知道了。不過，我想先拿飲料——」

「啊，那我去拿吧？要喝什麼？」

乃乃亞一開口，四人就爭先恐後行動，乃乃亞一開唱，所有人就像是參加偶像演唱會般炒熱氣氛。這幅光景看起來和平常校內進行的事情一模一樣，卻不盡相同。

不同之處，是乃乃亞的舉止與周圍人們的反應。如果校內的乃乃亞是帶著跟班的女王，現在的乃乃亞就彷彿是隨從勤快照顧的公主大人。

「呼……」

然後，在乃乃亞唱完一首抒情歌之後，四人鼓掌喝采。這首歌即使說客套話也不是能在KTV炒熱氣氛的沉穩曲風，但是沒人在意這種事。只不過，就算乃乃亞唱的是重金屬歌曲還是動漫歌，他們的反應也不會改變吧。因為即使乃乃亞唱得五音不全，他們也肯定會由衷鼓掌叫好。

「各……各位，差不多該停了……」

受到熱烈過度的喝采，乃乃亞以手朝臉蛋搧風靦腆回應。接著，四人露出像是被療癒的柔和表情，依照她的要求停止鼓掌。

「啊啊～好緊張。在眾人面前唱歌果然會緊張耶～」

承受四人溫馨以對的視線，乃乃亞害臊般露出笑容。這張笑容搭配上和平常不同的低調服裝，看起來是莫名激發保護慾的表情。實際上，四人的心完全被她擄獲，一起以蘊含熱度的眼神注視乃乃亞。這些視線像是令乃乃亞感到尷尬，身體忸忸怩怩。

「唔……真，真是的，大家也唱歌吧？都是我在唱，我會不好意思……」

「喔，嗯，這樣啊，說得也是。」

「那個……不然我就豁出去點一套搖滾組曲吧？」

「喔，不錯耶。我們三人輪流唱吧。」

「我去拿鈴鼓過來哦～？」

乃乃亞像是要逃離視線般別過頭，以手勢邀另外四人唱歌。四人隨即匆忙點歌，以有點假惺惺的氣勢開始炒熱氣氛。真的像是在對待最重要的公主大人，對於乃乃亞的一舉一動敏感反應，表達過度的關懷。不過這也在所難免。

因為在這四個人的心目中，乃乃亞是「在父母要求之下從事模特兒這種光鮮亮麗的工作，在學校也屬於光鮮亮麗的現充小團體，但其實是對於這樣的自己感覺喘不過氣，內向又軟弱的女孩」這種形象。

當然，這和事實完全相反。

「其實是內向又軟弱的女孩」這個設定，只不過是乃乃亞為了獲得這四人的共鳴而虛構的假象。實際上，對自己的外在或是在校內的生活方式感到喘不過氣，苦於無法表現真正自我的應該是這四人。乃乃亞巧妙接近這樣的他們，假裝自己其實也是如此。

她以這種方式，將校內階級底層到中層的邊緣人拼湊起來，打造出這個五人組。平常在學校鬱鬱寡歡的他們，迅速陷入首次獲得並且堪稱真正同伴的人際圈，更著迷於乃乃亞這個最理解他們的人。「那個宮前乃乃亞真正的模樣只有我們知道」，「對於乃乃亞來說，學校的現充們是虛假的朋友，我們才是她真正的朋友」。出自幻想的這些祕密，賦予他們甜美的優越感，乃乃亞對他們展現的親愛與信賴，賦予他們近似麻藥的萬能感與亢奮感……就這樣，乃乃亞在這四人之中成為了公主，成為了女神。

「非常好聽喔～大家唱得真好！耶～～！」

乃乃亞以開朗聲音歡笑，和唱完歌的男生們擊掌。鮮少在校內展露的這種舉止，使得四人笑容滿面。

不過，四人並非只是邀乃乃亞出來玩。他們在場中氣氛放鬆到某個程度時相互使眼神，一名男生代表眾人開口。

「那個，乃乃亞……其實今天邀妳來唱歌，是因為要對妳說一件事……」

「哪件事？」

「那個……之前妳介紹新同伴給我們對吧？就是F班叫做金城的……」

「啊，嗯。金城同學對吧？怎麼樣？可以和他處得好嗎？金城同學他啊，看起來好像也是孤單的人……如果大家也能和他和睦相處，我會很開心哦？」

「啊啊，那個……」

看見乃乃亞疼愛般的笑容，四人一齊露出尷尬表情緊閉雙唇。不過很快的，坐在乃乃亞身旁的少女像是「女人要有膽量！」般開口。

「那個，關於那位金城同學……」

◇

「嘖，周防與九条果然都沒用社群軟體嗎……為了當選學生會長，強調自己不愛現是吧？有夠冷的，真令人火大。」

某棟高級公寓的某房間，一名少年坐在電腦前面，以充滿負面情感的聲音嘀咕。他正是乃乃亞他們現在聊到的人，征嶺學園一年F班的金城。

他的容貌……坦白說，是在世間普遍歸類為醜陋的容貌。在同年代之中偏矮，橫向反而比較寬，鬆弛的臉頰滿是痘痘，加上鼻孔很明顯的豬鼻子。到了這種程度，感覺反倒是在學校容易成為霸凌目標，人畜無害的胖子……不過透露出惡劣本性的眼睛與嘴角，營造出完全不一樣的印象。

與其說是人畜無害的小豬，更像是陰險又狡猾的蛇。實際上，他是藉著貶低別人發洩自卑感的類型，無論在網路或現實世界，都在中傷那些比自己「高階」的人種，吹噓各種真假情報煽動輿論，以此當成自己的人生價值。

「啊啊？這傢伙是怎樣，正在關島旅行？最近真的有夠囂張……稍微搜尋一下記錄，調查有沒有可以放火的留言吧……嗯？噗，這是怎樣這是怎樣，被說到痛處就發飆嗎？好，確定是只會修圖的恐龍妹了～」

今天也一樣，他逛遍同校學生與名人的社群軟體帳號，致力進行鬧板或是放火的行為……不過在這個時候，放在桌上的手機震動通知來電。

「啊……？喔！」

看到顯示在畫面的名字，金城拿起手機，鬆弛的臉頰露出笑容。

「什麼嘛，ＫＴＶ……？受不了，真拿他們沒辦法。」

和話語相反，金城興沖沖起身，匆忙準備出門。然後不到五分鐘就走出家門，前往指定的ＫＴＶ。

或許該說理所當然，金城因為個性惡劣，在學校也被當成蛇蠍般厭惡，沒有可以稱為朋友的對象。不對，是「曾經」沒有。直到約一個月前，在學校被乃乃亞搭話。

『金城同學……聽說你在家總是被拿來和優秀的弟弟比較，這是真的嗎？其實，我也是……』

乃乃亞對他這麼說的時候，氣氛和她平常在校內展現的模樣截然不同。然後乃乃亞坦承說明了。為了回應父母的期望，她硬是飾演開朗又亮麗的自己；即使如此還是比不上真正陽角的弟妹，在家裡難以自容；在學校也是，因為無法捨棄自己飾演的角色而覺得喘不過氣。

『金城同學……我想說你是不是和我一樣……』

揚起視線，不安般說出這句話的乃乃亞，一箭射穿金城的心臟。然後，金城也說出自己的境遇了。父親與繼母都溺愛同父異母的弟弟；雖然大家說弟弟很優秀，卻是因為父母給予學習課業與才藝的機會，自己只要也有同樣的學習機會將會優秀得多；明明實際上是這樣，父母、老師以及周圍的人們卻都沒察覺自己多麼優秀。

金城盡情宣洩內心的不滿，乃乃亞溫柔點頭，然後肯定這一切。後來，乃乃亞介紹四名相同境遇的男女給他認識，他也立刻和這些人意氣相投。

『我聽說了，金城。在上次的討論會，你好像把九条批得一文不值？』

『我可以理解你的心情哦？傳統學校的代表果然必須是純日本人才行。』

『很高興有人和我們抱持相同意見……因為其他的學生們，都是光看長相就把她拱成「公主大人」的無聊傢伙。』

契機不是別的，正是因為彼此都看艾莉莎不順眼。討厭相同的事物，有時候比喜歡相同的事物更能建立堅定的交情。金城正是這種狀況。

（學校的笨蛋們，個個都只會跟風趕流行。盡是僅憑表面判斷人的人渣。）

但是，他們不一樣。他們稱讚了金城獨自挑戰階級頂端人種的勇氣，而且積極請教金城至今完成的各種豐功偉業，聽完內容以閃亮的眼神讚賞。對於平常藉由貶低別人維持自我肯定的金城來說，他人給予的稱讚伴隨著酥麻的幸福感，甚至足以讓基本上完全不相信別人的他忍不住敞開心胸。

「話說回來，我很少去ＫＴＶ這種地方……不過既然受邀就配合他們一下吧。」

即使金城臉上的笑容完全藏不住，他還是以不必要的高姿態如此自言自語地進入指定的ＫＴＶ。

搭電梯上三樓，站在手機所收到房號的包廂前面。

（嗯？總覺得很安靜？）

室內沒傳出歌聲，金城雖然在一瞬間感到疑惑，卻還是不太在意就打開門，以像是派對咖的調調入內。

「嘿～～你們突然找我來ＫＴＶ是怎麼啦～～哎，不過我剛好有空就來嘍？」

金城說著環視室內，終於察覺不太對勁。洋溢的氣氛冰冷至極。乃乃亞被身旁的少女摟住肩膀，深深低著頭。沒料到的這股陰沉氣氛，使得金城頓時吃了一驚，硬是揚起嘴角。

「喂喂喂，這股氣氛是怎麼回事？咦，話說乃乃亞在哭嗎？咦～～你們是做了什麼——」

「金城，你暫時閉嘴。」

某人突然以不悅的語氣打斷話語，金城板起臉轉頭看去。然後，三名男生以充滿敵意的視線迎接，使他不禁畏縮。此時，乃乃亞慢慢抬頭搭話。

「金城同學……」

「呃，喔？怎麼了，乃乃亞？」

乃乃亞半依賴般轉過來……露出像是被相信的人背叛而受傷的表情看向這裡，引得金城後退半步。

「金城同學……半年前，害得模特兒美美子在網路被罵爆，把她逼到引退的人就是你，這是真的嗎？」

「咦？啊，啊啊……那個～～」

金城終究隱約察覺在這時候承認會很不妙。不過在四人分的「你之前就是這麼說的吧？」視線插在身上的這個狀況，他不可能說謊。

「總之，好像也發生過這種事？」

結果，金城回應得非常含糊，對此……乃乃亞咬住嘴唇，表情悲傷扭曲。

「呃，喂，怎麼了？咦，話說這真的是在說什麼……」

「金城同學……美美子她啊，是我很重要的朋友耶……？」

「咦——」

金城啞口無言，乃乃亞以哽咽的聲音愈說愈難過。

「美美子願意接受真正的我，真的是個好女孩……可是她在那場風波傷得很重，連……連我都完全不肯見面……！」

此時，乃乃亞像是再也承受不住，以顫抖的聲音說完，推開金城衝出包廂。

「啊——」

金城就這麼將手伸到半空中，愕然目送乃乃亞的背影。他的肩膀……被一隻來自背後的大手穩穩抓住。轉身一看，是露出刻薄笑容的四人組。

「就是這樣，金城。你這傢伙之前抱持半玩樂的隨便心態毀掉的人，是乃乃亞很重要的人。」

「啊，不，我不知道——」

金城一邊說著丟臉的藉口一邊後退，但是在KTV的狹小包廂，背部很快就貼到牆壁。四人立刻包圍這樣的金城。

「這不是說一句『不知道』就能帶過的問題吧?說起來,你不只是毀掉那個模特兒吧?之前你不是也說得非常得意嗎?」

「啊啊,話說在前面,當時的對話錄得清清楚楚哦?而且,後來我這邊調查過了……你在各處針對名人以及我們學校的學生毀謗中傷對吧?要是對他們揭發你的身分會有什麼後果?」

「為……為什麼……因為,你們明明那麼稱讚我……」

來不及理解而結結巴巴的金城,被充滿侮蔑的視線插滿全身。

「當然是裝出來的吧?你這傢伙居然得意洋洋說出那種狗屎般的內容,我真的懷疑你是神經病。」

「啊啊,話說在前面,如果你真的是乃乃亞所說本性善良的人,我們也打算接納你啊?但你實際上根本是人渣。」

「所以,我們也把你的本性告訴乃乃亞了。」

「因為乃乃亞純真又善良喔~~所以我們必須保護她不被你這種人渣汙染。」

然後,四人從原本為乃乃亞著想的溫柔眼神,突然轉為露出凶惡的笑容。

落差明顯至極。隱含危險光輝,甚至令人覺得瘋狂的眼神,使得金城慢慢癱坐在原地。他出自本能理解了。眼前的四人組,甚至不把他認知為同樣的人種。

「金城」這個人的情感、尊嚴甚至是生命，他們毫不顧慮。只要有這個必要，他們毫不猶豫就會踐踏這一切。

「啊，啊啊……」

打從出生至今，金城從未面對過這種純粹無比的殘酷。超越厭惡或敵意，單純要排除障礙的這份意志，使得金城的身體打從骨子裡發抖，一股溫溼的觸感在下半身擴散。

「救……救命……」

只能依照本能的命令，從喉頭擠出沙啞的聲音。對此，四人眼睛繼續散發燦爛的光輝，只有嘴角像是嘲笑般扭曲。

「啊哈哈，這是怎樣？簡直像是我們要消除你這個人耶？」

「放心吧。我們不會這麼做……只要你主動從乃乃亞面前消失就好，明白嗎？」

「你可以拒絕，不過在這種狀況，我們會如剛才所說，揭發你的暴行。到時候不只是你，你的家人也會落得社會性死亡的下場吧？應該說我會刻意這麼做。」

「你至今嚴重威脅別人的社會地位，所以應該有做好自己有一天也會被這麼對待的心理準備吧？」

「嗚，啊——」

KTV的包廂裡，響起一名少年充滿恐懼的聲音。不過他的聲音絕對不會傳達給包廂外的任何人。

◇

「啊～～流眼淚果然好難耶。」

在廁所隔間滑手機的乃乃亞自言自語。直到剛才的悲痛表情在她臉上連一丁點都不剩。這終究都是裝出來的，所以也理所當然。

乃乃亞原本對金城完全沒有恨意。她和美美子這個模特兒同事的感情沒那麼好，這次將金城逼入絕境，都是為了還政近與艾莉莎一份人情。

（因為欠的人情要好好還清，爸爸就是這麼吩咐的喔～～）

明明只基於這個理由就把一個人打入恐懼深淵，乃乃亞卻毫無罪惡感與成就感。這不是什麼特別新奇的事，所以事到如今完全沒感覺。因為乃乃亞至今也都是操控那四個人排除礙事的人們。

心生嫉妒而以激進手法惡整乃乃亞的高年級學生；特別把乃乃亞視為眼中釘的訓導老師；散播沙也加負面傳聞的選戰敵對候選人。無論是哪個案例，乃乃亞都沒有下達半句指示，就只是提供情報，表現出激發保護慾的言行舉止。光是這麼做，那四人就會自行排除礙事的人。也可以說她精挑細選的成員，都擁有做得到這種事的實力與素質。

「喔，差不多了吧？」

乃乃亞算準時間走出隔間之後，在鏡子前面做個表情離開廁所。

「啊，乃乃亞！」

正如預料，四人組剛好在這時候走過來。乃乃亞朝他們露出軟弱嬌憐的笑容。

「各位……對不起哦？我心情已經平復了……」

「乃乃亞……真的不要緊嗎？」

「嗯，抱歉剛才失常了。沒聽完金城同學解釋就衝出包廂……肯定是基於某個理由吧？得好好聽他解釋才行……」

乃乃亞說完後正要回到包廂，但是三名男生擋在她面前，然後一齊露出有點假的笑容回應。

「不，金城他已經回去了啊？」

「那傢伙看起來有好好反省了……還說他沒臉見妳。」

「他說要暫時重新審視自己，所以乃乃亞同學不必在意哦？」

「……是嗎？既然大家這麼說……」

乃乃亞像是讓自己接受般點頭，四人以溫柔眼神守護。在這四人的心目中，他們是保護純真公主的騎士。從乃乃亞的角度來看，他們是醉心於女神，激進又瘋狂的信徒。

（人類的自以為是真有趣耶～～）

乃乃亞不甚感慨思考著這種事，以冰冷至極的心態觀察四人組。

「那麼，在金城同學洗心革面回來之前……我就耐心等待吧？」

然後，她露出天真無邪的笑容。

第3話 空氣與食慾

這天，艾莉莎現身在某間拉麵店門前。在一片木板上，以有點恐怖的紅色字體寫著店名「地獄之鍋」。這裡是艾莉莎以前和政近與有希一起進入，正如店名所示因而看見地獄的超辣拉麵專賣店。

在艾莉莎心中留下一段負面回憶的這間店，她為什麼如今再度準備踏入？原因在於她前幾天為了讓政近這塊大木頭學會女人心為何物，好心和政近約會……更正，和政近進行類似約會預演的某種行為時，政近說「我愛吃辣的料理」。

（不，我不是……想要理解政近同學的飲食喜好，並不是這麼回事！）

艾莉莎在腦中逕自辯解。是的，她單純只是認為既然有人愛吃到這種程度，即使是超辣料理應該也有著獨特的美味。這始終是要讓每天餐點菜色變得更豐富的嘗試。如果不只是甜食，也能明白辣食的美味，用餐的喜悅或許會變成兩倍。艾莉莎是基於這個想法而挑戰。

總之以附加效果來說？如果可以因而和朋友一起享受餐點就好了……總之並不是沒

有這種想法？不過這裡說的朋友當然不是政近而是有希。

「嗯，好。」

對自己辯解完畢並且做好心理準備之後，艾莉莎打開拉門。

「！」

頓時，隱含刺激成分的空氣刺激眼鼻深處，艾莉莎雖然已經做足心理準備，還是反射性地瞇細雙眼。

「歡迎光臨～～」

店員充滿氣勢的聲音引得她眨了眨眼，看向接近過來的女店員……進入視野範圍的某張熟悉臉蛋，使得艾莉莎忍不住再看一次。

「咦，君嶋同學？」

「……？啊。」

聽到艾莉莎的聲音，坐在入口附近兩人桌的綾乃，從手上的書抬起頭稍微睜大雙眼。兩人就這麼不經意點頭打招呼，接近過來的女店員交互看著她們，戰戰兢兢地開口。

「請問……兩位是一起的嗎？」

「那個，啊啊，那麼，是的。」

在這種時候，情急之下該如何回答？因為缺乏經驗所以回應得很含糊，艾莉莎感到丟臉。不過既然已經說「是一起的」就沒辦法了，艾莉莎走向綾乃的座位。

「那個，我可以一起坐嗎？」

「請坐。」

艾莉莎客氣搭話之後，坐在綾乃的正對面。綾乃也將手上的書收進包包。

「……」

「……」

然後是沉默。兩名美少女就這麼注視彼此不發一語。

（那個……）

身處於無法言喻的尷尬氣氛，艾莉莎即使想說些什麼……也不知道該說什麼，張到一半的嘴巴再度閉上。艾莉莎本來就鮮少主動帶頭閒聊，加上她和綾乃……還處於非常曖昧的關係。

（算是……朋友嗎？應該不是吧？因為我們兩人幾乎沒有說過話，頂多是一起待在學生會的同伴……可是，既然在選舉打對台，那我們不只是同伴，同時也是敵人。可是可是，我和有希同學是朋友……）

自己與綾乃的關係，到底要以何種詞彙形容才正確？認定彼此是何種關係之後，應該以何種態度對話？以艾莉莎的立場，她當然不排斥和綾乃成為朋友。只不過，綾乃沒說想和她成為朋友，她對自己的人格也沒有自信，不敢直接裝熟自稱是朋友……艾莉莎就像這樣，進行著溝通障礙患者的典型思考。

反倒是對方可以主動提話題嗎……如此心想的艾莉莎，看見綾乃的眼睛就立刻放棄了。因為綾乃以非常筆直的視線看過來，像是絲毫不覺得有什麼好尷尬的。綾乃將雙手放在腿上，挺直背脊，總覺得聽得到「請吧，在下會聽您說任何話題哦？」這種心裡話，完全是在當聽眾的姿勢。

「為您送上水杯～～決定點餐之後請向我說一聲～～」

剛才的女店員端水過來，神祕的相互凝視因而中斷。艾莉莎自然從綾乃身上移開視線，拿起菜單，然後對於依然驚悚的各種料理名稱稍微露出苦笑，瞥向綾乃詢問。

「君嶋同學，妳點了什麼？」

「是，在下點的——」

艾莉莎自覺鼓起相當的勇氣發問，綾乃正要回答的這個時候，她的答案剛好放在托盤上端過來了。

「讓您久等了～～這是針山地獄～～」

端上桌的料理，是在鮮紅熱湯上……細如針的白色蔥絲真的堆得像是山一樣高的麵碗。菜單從上方數起的第二道。是辣度比艾莉莎上次吃的「血池地獄」高一級的拉麵。

「……是這道。」

「這樣啊……」

看著送來的拉麵，艾莉莎思考數秒。她今天原本想點上次吃的血池地獄。但是看見綾乃點了辣度高一級的拉麵，「吃一樣的東西代表沒進步吧？」的想法掠過艾莉莎腦海。此外單純是因為如果在這時候點辣度最低的拉麵，總覺得有種敗北的感覺。雖然沒在比賽就是了。

「那個，不好意思。也給我一樣的。」

艾莉莎叫住擺好拉麵準備回到廚房的店員向她點餐，然後重新面向綾乃催促說「請用」。

「那麼，在下先開動了。」

綾乃合起雙手這麼說完，以筷子將蔥絲山壓入熱湯，從深處夾出麵條，不發出聲音吸食。

「！」

「？」

「……」

接著，綾乃瞬間停止動作，總覺得稍微放慢速度將麵條吸入口中。然後她迅速以紙巾擦拭嘴唇並且咀嚼。表情沒有變化。

（好……好厲害！看起來就很辣的那碗拉麵，居然能吃得面不改色……君嶋同學也愛吃辣的料理啊……）

在戰慄的同時，艾莉莎感到佩服以及些許慌張。她現在也能回想起上次那碗拉麵充滿破壞力的辣度。辣度比當時更勝一級的拉麵，自己真的吃得完嗎……

（沒……沒問題！畢竟據說吃辣是可以習慣的，而且說起來，上次的敗筆是在中途追加辣度！）

艾莉莎在鼓舞自己的同時瞥向桌子一角，在醬油與胡椒等調味料之中，一個小壺釋放特別詭異的存在感。是名為「鬼之淚」的超辣調味料。

（只要不對那個小壺出手就沒問題……才對！）

在如此說服自己振奮鬥志的艾莉莎面前，正在咀嚼第二口的綾乃則是……

（好辣……真的，好辣……）

她內心完全是淚眼汪汪的模樣。

是的，實際上，綾乃根本不擅長吃辣的料理。那她為什麼會來到這間店？理由只有一個。敬愛的兩位主人愛吃超辣料理，她要訓練自己也敢吃。

為此，綾乃會利用假日偷偷造訪超辣料理的餐廳，持續進行不為人知感人落淚的努力。或許是努力有了成果，相較於剛開始進行這種超辣修行的兩年前，如今已經相當耐辣……但即使是這樣的綾乃，這碗超辣拉麵也很難對付。

（好燙，好辣……嘴裡在燃燒……）

辣度比起第一口明顯更加強烈。感覺就像是殘留在口腔的辛辣成分被麵條的熱度點燃，接下來投入的辛辣成分引爆火焰焚燒口腔。已經連綾乃自己都不曉得是燙還是辣。

（呼，呼咕，呼咕……）

說真的，綾乃很想張嘴大口呼吸，總之想讓口腔換氣。但是她賭上女僕的骨氣，不能做出這種違反禮節的行為。獨自一個人的話就算了，現在艾莉莎位於眼前。這位美麗的同學好歹是主人有希的勁敵，綾乃不能當面露出這種醜態。

「唔，呼……」

好不容易面不改色吞下口腔的食物之後，綾乃輕輕嘆氣。雖然基於本能很想大口喝水，但她依照經驗知道這樣不只會壓迫胃部還沒什麼效果，所以這時候要忍耐，改為以看起來比較安全的蔥絲暫時避難。

（相較於麵條，蔥絲沾到的湯比較少……就用這個休息一下吧。）

如此心想的綾乃將蔥絲送入口中……立刻後悔了。因為她咀嚼清脆蔥絲的瞬間，蔥特有的刺鼻辣味真的像是針一樣刺入舌頭。

「！」

明顯不是普通蔥的這種辣度，使得綾乃大吃一驚。和辣椒像是燃燒的辣完全不一樣，是穿透腦門的辣。以化學術語來說不是辣椒素的辣，是苯胺的辣。以屬性來說是火屬性與風屬性。完全不同的兩種辣在口腔炸裂，淚水差點擅自奪眶而出。

（原……原來如此……這就是，針山地獄……）

不會相互抵銷，而是完全從不同方向襲擊的兩種辣。綾乃察覺這份雙重痛苦正是這碗拉麵的精髓而瞑目，裝作閉上雙眼品嚐滋味般微微點頭，扭緊淚腺阻止淚水。就這麼吞下口腔的食物之後，慢慢拿起水杯喝口水。口腔被清洗的感覺使得綾乃輕輕嘆口氣，然後開口。

「非常好吃。辣味深處感覺得到蔬菜與絞肉的美味，堪稱一絕。」

順帶一提，綾乃自認不是在說謊。經過長期的修行，綾乃已經可以確實從辣味的深處感覺到美味，所以她沒說謊。只不過，這碗麵辣到令她沒有餘力品嚐這份美味，她沒有說出這個真相。

但是艾莉莎完全沒察覺綾乃內心的這個想法。

「這樣啊……我好期待。」

艾莉莎掛著有點僵硬的笑容，暗自感到戰慄。

（居……居然那麼老神在在一直吃……君嶋同學真的愛吃超辣料理耶……）

看著綾乃再度默默吸起拉麵，艾莉莎愈來愈感到不安。如果可以彼此說「嗚嗚，好辣」「真的耶，好辣」這種話，就可以一起面對共通的敵人（拉麵）拉近距離……這份淡淡的希望輕易消逝了。綾乃是身經百戰不需要戰友的勇者。打從一開始，菜鳥士兵就只有艾莉莎自己。

（嗚嗚……）

雖然為時已晚，但艾莉莎後悔和綾乃共桌了。要是在這樣的勇者面前哭喊「好辣好辣」，肯定會遭受「妳這傢伙是來做什麼的」這樣的目光看待。既然這樣，乾脆祈禱在綾乃吃完走出店門口之前，拉麵都不要端上桌算了……然而事情不可能這麼稱心如意。

「讓您久等了～～這是針山地獄。」

綾乃繼續吃到剩下一半的時候，拉麵端到艾莉莎的面前了。這麼一來已經無處可逃，艾莉莎下定決心，抱持著士兵持槍上戰場的心情拿起衛生筷。

「我開動了。」

首先，第一次接觸很重要。第一口會決定今後的趨勢——

「唔！咕呼！」

吸入麵條的瞬間，喉嚨深處被辣椒素狠狠打了一拳，艾莉莎嗆到了。雖然勉強只避免將麵條吐回碗裡，但是咳嗽有點停不下來。

「唔！嗯！嗚！」

就這麼含著麵條反覆咳嗽。好不容易平息之後，以筷子慎重將麵條送入口中。送入口中之後……像是口腔在燃燒的辣味令她靜靜掙扎。

（嗚唔唔唔唔～～～！）

好辣，好燙，好痛。簡直是笨蛋吧？做這種料理的人以及點這種料理的人都是。

（換句話說，我也是笨……蛋……！）

辣到思緒失控的艾莉莎連忙以紙巾擦嘴。她經過第一次接觸就明白了。這玩意兒相當不妙。

（我……我不認為吃得完……）

早早就洋溢絕望感的艾莉莎吞下第一口。接著，綾乃稍微晃動眼睛搭話。

「沒事嗎？看您剛才咳了好一陣子……」

「我……我沒事。」

被綾乃擔心般搭話，艾莉莎半反射性地逞強。

「只是湯噴進喉頭而已。剛才吸得有點太用力了。」

「啊啊，在下可以理解。一個不小心就會變成這樣對吧？」

綾乃認同般點頭，艾莉莎回以一個含糊的笑容，低頭看向麵碗……通往「吃完」的遙遠路途令她略感絕望。艾莉莎忍不住停下筷子。綾乃要繼續吃。

（總……總之先吃一口蔥緩衝一下……）

然後，她和綾乃進行一模一樣的思考，踩到相同的陷阱。

（好……好辣，啊，咳，咕呼！）

從口腔直接打擊淚腺的蔥絲辣味，差點打垮艾莉莎的撲克臉。不過艾莉莎憑著幹勁維持表情，立刻判斷蔥絲會愈嚼愈辣，將咀嚼次數減到最少，半強硬喝水灌下肚。接著，冰水的涼與蔥絲突破腦門的辣相互搭配，在口腔產生奇妙的爽快感。

（只能……趁現在！）

艾莉莎知道這是虛假的清涼感。然而即使只是多心，也必須依賴這份感覺才吃得下去。如此判斷的艾莉莎，朝麵條吹氣盡量吹掉熱湯，並且儘可能迅速吃麵。這一切都是為了趁著這段虛假的無敵時間繼續生效時，以最大的限度打倒敵人。看著專注一致動筷的艾莉莎，綾乃稍微瞪大雙眼。

（能……能像那樣接連吃下肚……好厲害。原來艾莉莎大人也愛吃辣的料理。）

這是誤解。因為彼此都在打腫臉充胖子，所以完全產生了誤會。

（在下也不能輸……！）

最後，綾乃看著對方的表現而奮發圖強，像是不能輸給艾莉莎般，沒停下筷子繼續吃。艾莉莎見狀也……

（居然那麼心平氣和繼續吃……我也要努力才行！）

這是地獄。就只是地獄裡的光景。彼此誤以為對方遊刃有餘，結果兩人腦中「放棄」的選項消失了。事情演變至此，接下來只能憑著骨氣與尊嚴向前衝，直到越過這個地獄。然後……

「唔，呼……感謝招待。」

終於，綾乃征服了針山地獄。她在心情上籠罩著想要高舉旗幟的成就感，陶醉享用勝利的美酒……更正，是冰水。

（總覺得君嶋同學看起來心滿意足……？這……這麼好吃嗎？我無法理解……但是，我也只差一點點了！）

看著搶先一步成功登頂的綾乃，艾莉莎也進行最後衝刺，朝著分量減少許多的麵條球插入筷子——

滋哩。

筷尖碰到的不祥觸感，使得艾莉莎停下筷子。這是艾莉莎身為超辣拉麵的新手所犯下的失誤。是她用餐時沒有攪拌湯汁而沉澱在碗底，辣椒與絞肉的聚合體。

而且，因為是新手……所以艾莉莎在這時候犯下更致命的失誤。筷子碰到的奇妙觸感，引得她不經意撥開麵條，看見了地獄底部。結果就是……

（嗯？什麼？）

（唔，咦，這個……？）

沉澱在碗底，半結塊的辣味成分固體……封鎖在地獄底部的惡魔群被解放了。湯本身分量減少的現在，濃度可不能和初期相比。即使連忙夾起麵條也為時已晚。夾起來的麵條沾滿紅色辣椒碎片與黑色山椒粒，成為很難吹氣抖落的狀態。

（……咦，要吃嗎？這個……）

艾莉莎感覺像是在即將登頂的時候，山頂噴火了。

不過，她可不能一直像這樣盯著看。終點就在眼前，首先登頂成功的綾乃就在眼前等待。

（我不能輸。一定要吃完。一定要……吃完……）

艾莉莎以有點毛骨悚然的表情瞪著麵條，激發鬥志。沒錯，要是在這時候退縮，就不知道自己是為了什麼而拚命穿越地獄至今。是為了什麼……對綾乃的競爭心？對自己的賭氣？不對，說起來是因為……

（因為，我也想讓自己能夠和政近同學一起享受超辣料理！）

艾莉莎終於在地獄底部說出真心話。然後她決意將麵條送入口中——

◇

「唔！……？」

回神一看，艾莉莎和上次一樣坐在公園長椅。她頻頻眨眼看向周圍，發現綾乃坐在身旁，以擔心的眼神看過來。

「……艾莉莎大人，您還好嗎？」

「咦？那個，我……」

即使搜尋記憶想知道為什麼變成這樣，意識也像是籠罩了一層薄霧般無法回想。艾莉莎皺眉歪過腦袋，綾乃戰戰兢兢向她開口。

「那個，艾莉莎大人……您吃完拉麵之後，變得像是靈魂出竅的模樣……」

「啊，原來……如此……」

無法言喻的尷尬與羞恥心，使得艾莉莎縮起身體，揚起視線看向綾乃。

「那個，謝謝妳。君嶋同學，是妳帶我來這裡的吧……？啊，話說餐費！餐費要……」

「那個，總之在下先代墊了……」

「啊啊，對不起！我現在就付！那個，是多少錢啊……」

亂哄哄地解決金錢問題之後……在這個時間點，綾乃有所顧慮般發問。

「艾莉莎大人，那個……您不擅長吃辣的食物吧？」

「唔……」

雖然情急之下想要否定，不過都陷入茫然若失的狀態了，終究不能逞強。艾莉莎視線游移一陣子之後，像是認命般點頭。

「……是的。我不太擅長……」

「這樣啊……」

艾莉莎低著頭做好心理準備，等待「那麼為什麼要去那間店？」這個問題傳入耳中。但她聽到的是完全出乎意料的話語。

「其實，在下也是。」

「咦……？」

「為了讓自己能夠和有希大人與政……享用同樣的食物，在下正在努力練習……但是遲遲無法習慣。」

綾乃告知的是和艾莉莎完全相同的動機與感想。艾莉莎心中對於綾乃的共鳴與親近感直線上升。就像是在周圍只有魔鬼愉快玩耍的地獄底層終於見到活人的感覺。

「其……其實我也是……我想和好友有希同學，一起享受同樣的料理……」

「是這樣嗎？」

聽到艾莉莎同樣這麼說，綾乃雙眼也浮現喜色。真的是在孤獨戰場發現同志的眼神。或許在人際關係上，率直以對果然是最好的做法。

「那麼，如果您方便的話……今後要不要也一起進行吃辣修行呢？」

「咦……？」

聽到綾乃的提案，艾莉莎僵住了。老實說，她現在的狀態無法思考今後的事。

「那個，在下認為兩人一起的話可以建立信心，也可以相互協助……」

不過，綾乃即使有所顧慮般稍微看向下方，依然像是試探般編織話語，艾莉莎見狀實在是不忍拒絕。

（說不定……可以多一位朋友。）

此外，也稍微像這樣別有居心。

「好的，我知道了。今後請多指教哦？君嶋同學。」

「——好的！」

艾莉莎沒想太多就接受這個邀請。結果，艾莉莎今後將會和綾乃一起投身於漫長又艱苦的修行之旅……不過這就是另一個故事了。

第4話 兄控與妹控

「呼，終於到了……」

一間日式房屋前方，站著一名身穿ＰＯＬＯ衫的男性。背脊打得筆直，高大而且鍛鍊得宜的體格。銀框眼鏡後方是柔和的雙眼，雖然不是特別英俊，但是洋溢的氣息會令對方安心，是一名知性又迷人的中年男性……不過髮際線感覺怪怪的。他本人也在意這件事所以不能提及。

他的姓名是久世恭太郎。這次好久沒這樣休假回到日本，是政近與有希的父親。

「好久沒回來了……」

恭太郎抬起因為時差而有點沉重的腦袋，在忙了一年重返的老家前方感觸良多般低語。然後他開門進入院子，睡在屋簷下方的大白狗緩緩抬起頭。

「里爾也好久不見。記得我嗎？」

恭太郎搭話之後，那隻被叫做里爾的狗嫌煩般慢吞吞走到他腳邊，聞聞味道之後汪了一聲。

「嗯，好乖好乖。」

恭太郎摸摸牠的頭，心想「你這副模樣能成為稱職的看門狗嗎？」稍微苦笑。

這隻狗是距今三年前由政近與有希撿回來的流浪公狗。說得更具體一點，是有希發現一隻後腿受傷的幼犬說要救牠，政近也贊同之後，兩人帶牠回到祖父母家。聽到這段敘述，總覺得是令人會心一笑的佳話，不過當時有希實際上的發言是……

『受傷的白色小狗，絕對是芬里爾的幼體吧！帶回去收為使魔吧！』

……聽起來感覺實在不太對。有希像是這樣許願的結果，決定把這隻前流浪狗取名為「里爾」。對於受傷幼犬寄予的期待也太沉重了。

結果經過三年，里爾只有體格變得強壯，卻還沒展現一絲身為神狼的能力。不只如此，甚至覺得牠隨著年齡增長而變得怠惰。過於沉重的期待果然反而阻礙成長嗎？要是回歸野生可能一下子就死掉了。

「真是的，到底是像誰呢？」

看著里爾慢吞吞回到屋簷下的背影，恭太郎有點傻眼地自言自語。然後他重新振作走向玄關打開大門，朝著筆直延伸到轉角處的走廊深處打招呼。

「我回來了～～」

接著，走廊左側的拉門開啟，有希迅速現身。

「啊，爸爸回來了。歡迎回來～～」

然後有希笑盈盈跑過來，飛撲抱住恭太郎。愛女一如往昔的親情表現，使得恭太郎閉上眼睛抬頭朝向天花板，在內心發出感觸良多的聲音。

（啊啊，我的女兒是世界第一可愛！）

聽說世間的爸爸們常常因為被花樣年華的女兒討厭而留下悲傷的回憶……不過這個愛女完全沒有這種徵兆。沒有叛逆期的她在某方面來說有點令人在意，不過這種事在這份可愛面前只是細枝末節。

受到愛女擁抱而笑逐顏開的恭太郎，也輕輕擁抱回應。

「我回來了，有希。妳長大……了。」

「嗯嗯？剛才的停頓是怎麼回事？」

恭太郎冷靜看著有希的身高稍微結巴這麼說，有希隨即露出笑咪咪的表情。

「沒事……感覺妳的身高沒什麼變？」

「這種尺寸感才棒吧！剛好可以收入懷抱的這種尺寸感才可愛吧！」

有希以像是對於自己體型絲毫不感自卑的氣勢，以小混混的語氣極力主張。灑脫到令人覺得舒暢的這種心態，使得稍微擔心女兒發育的恭太郎也不得不點頭同意。

「嗯，總之……說得也是？有希很可愛。」

「對吧？」

有希聞言立刻露出得意洋洋的表情，按住胸口表現得一副跩樣。政近與知久則從她後方探頭。

「爸，歡迎回來。」

「喔喔，恭太郎你回來啦！」

「我回來了。」

在相互簡短問候之後，政近立刻縮回室內。相較於有希的熱烈問候，他真的是愛理不理。

（嗯……我兒子今天也是冰冷以對。）

久違重逢的兒子展現冷漠態度，恭太郎略感落寞，但青春期的孩子都是那樣吧。

（反觀……）

「英國怎麼樣？有很多美女嗎？嗯？」

「……爸爸您還是一樣靜不下來。」

父親露出下流笑容接近過來，恭太郎眼神變得冷淡。普通這個年紀的老人應該不是這種感覺。

「老爺子你真是的，看見久違返家的兒子，第一句居然是問這個嗎？恭太郎，歡迎回來。」

「媽，我回來了。」

和恭太郎一樣掛著傻眼表情從深處現身的，是恭太郎的母親麻惠。即使妻兒都半閉雙眼注視，知久也像是沒受到教訓般大聲回應。

「說這什麼話！身為男人，踏上異國的土地當然要品嚐當地的美酒與美女！」

「爸你酒量很差吧……」

恭太郎的表情更加傻眼，但他看見母親的笑容從傻眼轉為駭人之後不敢說話。

「老爺子……？」

「！」

「你說得像是自己有經驗耶……？」

「呃，不，沒這回事……啊？我……我心中只有麻惠妳一人……」

「可是爺爺，您曾經極力主張外國人骨盆不一樣，所以屁股形狀很漂亮對吧？」

「咿？不，那是西洋的……那個……」

「哎呀哎呀，老爺子真是的，你對有希說過這種事？真是不得了……」

「啊，不，麻惠？」

麻惠掛著不祥的笑容縮回深處，知久連忙追過去。雙親一如往常的模樣，使得恭太郎露出安心與傻眼各半的表情。此時，有希轉過身來笑著問他一句話。

「所以，實際上怎麼樣？有身材火辣的金髮美女嗎？」

「連有希也……哎，總之先讓我放行李吧。」

恭太郎掛著苦笑進入玄關，進入左手邊的和室，把行李放在房間角落。在這段時間，有希也跟在恭太郎身後，催他說出英國美女相關的話題。

「對了對了，看過女僕了嗎？英國是女僕的發源地吧？沒拍一些真實女僕的照片回來嗎？」

「我看過了……但年輕人不算多啊？與其說是女僕，感覺更像是普通幫傭……」

「咦咦～～？沒有前凸後翹腿子長的漂亮金髮女僕嗎～～？」

「沒有這種的吧……」

「什麼嘛，真無聊～～嘿！」

有希不滿般抱怨之後，撲向坐在和室椅玩手機遊戲的政近大腿。

「好痛，幹嘛？」

「喂喂喂，爸爸回來了還滑什麼手機啊？」

舉起手機避難的政近低頭一瞪，有希握拳反覆輕敲他的肚子。

（感情還是一樣這麼好。）

恭太郎懷著溫馨的心情看著這幅光景。聽說世間花樣年華的兄妹，即使住在同一個屋簷下也常常不說話也不對看……不過這兩人完全沒有這種徵兆。不只如此，大概是因為平常分開生活，所以待在一起的時候是以好友般的距離感和睦相處。

「真是的……」

皺起眉頭的政近大概也想到某些事，一邊抓住有希的拳頭阻止，一邊放下手機。接著有希迅速拿起政近的手機，仰躺在他腿上迅速操作畫面。

「喔，打到第五章了。沒課金卻很努力耶～～」

「不准隨便滑別人的手機。話說啊，想想妳自己剛才說了什麼吧。」

「咦？外國人骨盆不一樣，所以屁股形狀很漂亮。這件事怎麼了嗎？」

「我哪知道！妳這是在說什麼啊！」

「啊！換句話說，艾莉同學與瑪夏學姊也是嗎……？看來得在這次的集訓確認一下才行！」

「確認個頭，快把手機還我。」

「哎喲～～」

政近迅速拿走手機之後，有希九十度翻身，成為面向政近腹部躺在大腿的姿勢。

「嘴裡說這種話～～老哥其實也很期待吧～～？艾莉同學與瑪夏學姊穿，泳，裝的模樣♡」

「不准在我的大腿畫圈圈寫『の』。」

「可惜猜錯了！不是『の』，是『φ』！」

「一點都不重要！」

「唔唔～～？並不是不重要吧～～？別逞強了……其實你正在想像兩人穿泳裝的模樣，內心充滿期待吧？」

「不，就說這方面一點都不重要……話說，我真的沒那麼期待啊？」

「嗯，你的小頭看起來確實沒充血咕啊！」

太陽穴挨了一記拐子，有希發出「唔喔喔喔」的呻吟在榻榻米上掙扎。恭太郎坐在矮桌前面，看著這幅光景感慨心想。

（不，感情……是不是太好了？）

與其說是好友，反倒像是笨蛋情侶的互動。打情罵俏的模樣令人忍不住想正色說出「咦，你們在交往嗎？」這個問題吐槽。

（不不不，這怎麼可能，又不是漫畫……）

只有我家孩子不可能這樣。如此心想的恭太郎搖搖頭……為了消除內心的擔憂，假裝若無其事般開口。

「話說回來，你們兩人有交往對象了嗎？」

聽到恭太郎的問題，政近投以疑惑眼神，有希就這麼抱著腦袋抬起頭。

「就說沒有了……我之前說過吧？」

「我也沒有～～但也沒特別想找對象就是了。」

（唔唔～～？）

不，總之這在預料之中。因為恭太郎不時和兩人互傳簡訊，在簡訊裡也是這麼說的。只不過他在意有希所說「沒特別想找對象」這句話。

（聽說最近連國中生也會很正常交男女朋友……有希這麼可愛，主動追求的男生應該挑都挑不完吧？不，但我當然不希望她和爛男生交往！）

恭太郎思考這種事的時候，復活的有希以四肢著地的姿勢迅速接近過來，然後露出酷似知久的下流笑容仰望。

「所以，爸爸怎麼樣呢？」

「什麼事？」

「剛才的話題！有認識金髮美女嗎？外交官經常會出席宴會之類的吧？英國政府的高官不是會介紹好人家的大小姐給你嗎～～？」

「這件事嗎……不，總之，確實有美麗的女性就是了。」

實際上，站在外交官的立場，恭太郎也會出席需要攜伴的宴會。依照狀況會拜託單身的女性後輩擔任女伴，不過基本上是獨自出席。在這種場合，並非不曾有人對他說「哎呀，你單身嗎？那麼要不要考慮我家女兒？」這種話。只不過，恭太郎認為這都是客套話所以沒當真。

簡單扼要如此說明之後，有希「咦咦～～？」發出充滿疑惑的聲音。

「這真的是客套話嗎～～？」

「那當然。那個人的女兒才二十五歲左右耶？肯定是開玩笑的。」

不過，恭太郎並不是沒有和這名醉醺醺的女性營造出曖昧氣氛。那個時期剛好即將舉辦一場大型國際會議，所以這恐怕是美人計。順帶一提，那時候幸好多虧是平常委託擔任女伴的後輩趕到才平息風波。後來這名後輩告誡「久世先生酒量不好，所以在那種邂逅的場合請多加小心！」之後，她就自命是美人計的守門人，兩人結伴同行的機會比之前增加許多……不過恭太郎個人認為，自己反倒應該提防這名年輕貌美的後輩設下美人計。

（不過她這個人很可靠，也不會接觸到職務上的機密情報才對……）

如此心想的恭太郎，覺得這種內容不方便告訴女兒，所以只說「離婚之後帶著小孩的中年日本人根本沒人要喔」。這部分是真心話，即使出現願意交往的奇特女性，恭太郎也沒有再婚的意願。然而有希看起來不屈不撓，繼續靠過來發問。

「那麼，守寡的美熟女呢？沒有同樣有小孩而且談得來的美魔女嗎？」

「咦咦～～？唔～～總之，在會議上認識的法國外交官，記得就有這種人……」

「居然有嗎？」

「法國美女！」

政近的吐槽與有希愉快的聲音重疊。

「不，總之那個人好像也是把女兒留在國內出來工作？所以我們聊得挺愉快的，不過就只有這樣啊？」

恭太郎為了讓莫名興奮的有希冷靜而這麼說，不過有希這時候輕輕瞇細雙眼。

「可是爸爸，你說的不是『過去式』，是『現在進行式』吧？意思是現在也有進行某些交流嗎？」

「唔！不……」

突然被這麼犀利指摘，恭太郎忍不住倒抽一口氣。此時兒子進一步犀利追擊。

「爸認識的那個人，難道是我大約半年前寄送阿宅精品的收件人嗎？」

「呃！唔，嗯，總之應該是吧？」

「嗯？啊啊～～！是那封信的！」

被一語道破之後，恭太郎不知為何移開視線。其實這名法國外交官的女兒似乎熱愛日本的御宅族文化，透過母親詢問是否能取得某部作品的精品，還附上一封透露出非常努力的痕跡，以生硬日語寫成的信。恭太郎無法拒絕這份過度的熱情，這份委託就經由他落到政近頭上。

這些精品在日本不難取得，所以政近心想這是為了父親的社交而接下這份委託。結果後來又透過父親收到熱烈的道謝訊息，這件事因而留在政近與有希的記憶中。

「唔呼呼～～爸爸，不可以說謊哦～～？私底下明明交流到不行耶～～」

「不，沒那回事。頂多就是簡單吃頓飯當成那時候的謝禮啊？說起來彼此都是代表國家的人，所以總是有著互探心機的一面——」

恭太郎如此辯解，但是有希止不住笑嘻嘻的表情。

「沒關係哦？不同國家的外交官，即使墜入禁忌的情網也沒關係哦？」

「不，並不是禁忌就是了。」

「沒關係哦？和金髮美女再婚，沒什麼特別意義就把她撫養的法國美少女送來這裡也沒關係哦？突然成為一家人的金髮美少女，和哥哥相見三秒後就開始同居生活也沒關係哦？」

「關係可大了吧，這是哪門子的輕小說？」

有希的阿宅腦全速運轉，政近從後方吐槽。但有希完全無視，繼續逼問恭太郎。
「順便問一下，這位法國人的女兒幾歲？」
「我想想，記得她說十四還是十五歲？」
「喔？所以是義妹嗎……我和那孩子將會爆發義妹與親妹的戰爭是吧！」
「就算嘴裡這麼說，妳肯定會和那個孩子和睦相處吧？」
「然後金髮義妹與銀髮同學之間，將會展開爭奪哥哥的壯烈戀愛喜劇對吧！」
「不會展開不會展開。」
「嗯？銀髮同學？難道是之前稍微提到的，記得叫做……」
恭太郎搜尋記憶而有點結巴時，拉門突然「砰」一聲打開。看向該處，不知為何看起來精神上有點憔悴的知久，掛著爽朗的笑容站在門口。
「是九条艾莉莎對吧！怎麼啦，有什麼進展了嗎？嗯嗯？」
然後他說著正確答案，盡顯看好戲的本性闖入戰局。
「不……完全沒發生爺爺期待的事。」
父親與祖父充滿好奇的視線，使得政近抗拒般扭曲表情撇過頭去。不過有希此時立刻投下八卦題材。
「哥哥和那個女生一起寫暑假作業喔。在家裡，孤男寡女，持續好幾天！」

「喔喔～～！」

「哇～～有一套喔。」

「不，所以說只是在寫暑假作業……」

看到三人心情明顯亢奮起來，政近愈來愈抗拒，辯解自己沒做虧心事。然而妹妹大人不會因為這樣就打退堂鼓。

「被告是這麼說的對吧？不過我上次進入哥哥房間的時候……」

「妳說誰是被告？」

有希對於政近的吐槽也不以為意，像是要說出祕密般把手放在嘴巴旁邊，朝著恭太郎與知久探出上半身。充分吸引兩人的興趣之後，她咧嘴一笑投下炸彈。

「艾莉同學的銀髮，掉在哥哥的床上喔！呀啊～～應該是做了什麼事吧！應該是做了某～～些事吧？是在用功學習健康教育嗎～～？」

「這可不能當成沒聽到耶～～？嗯嗯？學會了嗎？修滿學分畢業了嗎？」

「並沒有！不准胡思亂想！這樣對艾莉也很失禮吧！」

知久下流的說法引來政近的反撲。有希露出溫柔表情，輕輕將手放在政近肩膀。

「我知道的。哥哥是窩囊又沒種的該死處男，所以不敢對艾莉同學出手吧？嗯，我知道的。」

「嗯？妳是想和我槓上嗎？」

「怎麼可能。我站在你這邊耶？所以，我會在這次的集訓好好助攻，讓你和艾莉同學營造出不錯的氣氛，懂了嗎？」

「這也雞婆過頭了吧。」

「總之，艾莉同學的泳裝被沖走，或是兩人一起被沖到無人島，你要哪一種？」

「妳是笨蛋嗎？當然是我全都要吧？」

「ＯＫ，那就是把艾莉同學的泳裝沖走，然後把哥哥與會長流放到孤島～～」

「給我等一下。這是什麼地獄？」

「咦？因為，我又沒說是老哥與艾莉同學兩人……」

「唔，居然中了這種初步的陷阱……不，這玩意兒哪裡有需求了？」

「腐女有這個需求。還有，『女生穿泳裝嬉戲的光景不需要臭男人』的客群也有這個需求。」

「什麼嘛，原來妳說的客群是我。」

「就是這麼回事，所以哥哥如果也想加入，首先要女體化哦？」

「妳用『首先』提出的門檻也太高了。」

「放心。即使原本是平凡男生，女體化之後也會成為美少女，這是世間常理。」

「假設真的變成這樣，該怎麼對學生會成員說明？」

「咦，只能介紹說是我的親戚久瀨正近香了吧？」（註：「久瀨正近香」音同「久世政近」。）

「這名字完全沒有掩飾的意思。」

「放心！我會叫你『近香姊姊』！」

恭太郎看見有希即使搞笑也想協助哥哥成就戀情的樣子，覺得自己內心的疑惑逐漸消除了。

（什麼嘛……果然是我想太多嗎？哎，我想也是。）

居然以為這兄妹倆在談一場沒有結果的戀愛，妄想再怎麼荒唐也該有個限度。即使只有一瞬間，如此胡思亂想的自己也好丟臉。

（兩人只是感情很好的兄妹。嗯，實在令人忍不住會心一笑吧？）

恭太郎像這樣改變心態，和知久一起溫馨守護兩人……在他的視線前方，有希從背後抱住政近，而且是雙手雙腿緊緊纏在一起。

「怎麼了，什麼事？」

「沒有啦，不經意就……剛才已經抱過爸爸，所以想說也要抱一下哥哥。」

「與其說抱住，明明是叫我揹吧……很重耶？」

「啊？你剛才對女生說很重？」

「說了，所以呢？」

「你這混蛋——！」

有希放聲怒吼，張大嘴巴露出牙齒，朝著政近的脖子——

「啊嗯啊嗯。」

「不准咬不准咬！」

「嗯～～是A2等級吧～～」

「唔唔！這樣很難吐槽……既然要評等，好歹貶到F1左右的等級吧？」

「沒有F1這種等級喔。又不是賽車。」

「不，這我知道，不過這種的大致上都是F級吧？」

「比方說《被妹妹嘲笑是F級的我在學校餐廳開無雙》這樣？」

「哎，就是這樣……等一下，妳剛才說了學校餐廳嗎？」

「啊，剛才那是副標題，書名是《肉牛轉生》。」

「那不就會被吃掉了！這是哪門子的作品啊！」

「轉生到異世界成為牛頭人的主角，在飲食荒廢的學校餐廳拿自己的肉體調理，讓女角色們說著『好好吃喔～～！』並且撐破衣服的作品。」

「別以為總之只要讓可愛的女生脫衣服就會有人捧場好嗎？」

「啊，順帶一提，所有女角都是洞穴巨人。」

「這畫面太髒了吧！」

「說這什麼話。明明是不同種族透過『飲食的喜悅』這種全體生物共通的幸福而相互理解的感人作品。」

「如果沒加入同類相食的要素就好了。」

「在劇情尾聲，主角讓學校理事長的孫女吃掉剩下的右手臂，說著『啊啊，這麼一來我再也沒辦法做料理了』露出寂寞的笑容，令人忍不住潸然淚下。」

「這種作品只有神經病會看喔。」

「而且在最後，會對瞧不起自己的妹妹端出最美味的內臟料理還以顏色。」

「這是最差勁的報復吧！我不敢領教！」

「哎，不過妹妹也是牛頭人，屬於草食性，所以沒能吃下這道料理。」

「事後回想起來就像是把爛泥潑在廚餘一樣不是滋味。」

「怎麼樣，感興趣了吧？」

「嗯，對妳腦袋裡的東西感興趣。」

有希驚濤駭浪般接連說出搞笑段子，一邊哈哈大笑一邊用力搖晃政近身體。這幅光景使得恭太郎就這麼掛著會心一笑的表情，靜靜將視線移向緣廊。

（嗯，感情果然太好了吧？）

他感慨地思考著這種事。

第5話 理想與現實

Иногда Аля внезапно кокетничает по-русски

「抱歉了，放假的時候請各位過來集合。」

暑假期間的學生會室。本次召集的統也道歉之後，聚集的眾人搖頭表示別在意。接著，政近代表大家開口。

「不，總之這部分沒關係……是之前提到變更制服的事嗎？」

「嗯？啊啊沒有啦，這件事由我與茅咲就能進行，所以不用麻煩……」

「真的不用嗎？如果有我們能做的事，我們會幫忙啊？」

「謝謝。不過這件事真的不用麻煩。相對的，有些事想拜託各位……」

「什麼事？」

此時統也環視茅咲以外的成員，稍微下垂眉角發問。

「各位知道……現在校內流行七大不可思議嗎？」

「七大不可思議……那個，是廁所裡的花子或是會動的人體模型之類的嗎？」

「沒錯。不過內容不一樣就是了……」

對於統也的肯定，毫無頭緒的政近看向身旁的艾莉莎。但是艾莉莎的人際圈比政近更小，不可能知道政近不知道的事。兩人有點困惑地以視線交流時，坐在他們正對面的有希開口了。

「我聽過幾項。〈站在樓頂的人影〉、〈反轉的人像〉、〈紅色女學生〉……大約是這些。」

「原來周防知道嗎？啊啊，七大不可思議確實包含這三項。」

「是喔……總覺得是不太習慣的名稱。」

「一點都沒錯。真的不像是廁所裡的花子，或是晚上自己彈奏的鋼琴，或是會增加的階梯？這種煞有其事的內容。」

「哎，都已經是高中生了，如果流行這種老掉牙的鬼故事，還真的不知道該如何反應……順便問一下，這三項是什麼樣的內容？」

露出苦笑的政近這麼一問，有希露出有點暗藏玄機的笑容。

「可以說嗎？其中包含相當恐怖的內容喔。」

「咦，是嗎？順便問一下，大概有多恐怖？」

「大概是掉在微波爐旁邊的小螺絲那麼恐怖。」

「這樣超恐怖的！慢著，這是另一種意義的恐怖吧？」

「呵呵，我開玩笑的。」

有希輕聲發笑之後，開始說明七大不可思議的內容。

〈站在樓頂的人影〉：在禁止進入的校舍樓頂，不時看得見人影站在上面。不知為何輪廓非常模糊也不確定性別，但是目擊的學生都感受到來自人影的強烈視線。

〈反轉的人像〉：深夜裡，美術室的某尊石膏像會左右反轉。現象僅止於此，不過有幾名美術社員出言作證目擊，拍下反轉模樣的照片居然也真實存在。

〈紅色女學生〉：在放學後的校舍內，偶遇身體某處受傷的女學生。遇到的學生沒有任何人記得女學生的長相，但是在數天之內，會和這名女學生在同樣的部位受傷。

「嗯～～……」

聽完有希的說明，政近發出不在意的聲音。看著他明顯不相信的這種反應，有希露出苦笑。

「你好像沒興趣？」

「不，因為啊……終究只是傳聞吧？就算宣稱有照片為證，在這個時代連學生都會P圖了。」

「哎，說得也是。」

有希似乎也和政近抱持相同想法，在點頭的同時微微聳肩。有希也是從一開始就不相信什麼七大不可思議吧。不只是他們兩人，其他成員也露出苦笑，或是興趣缺缺般面無表情。除了某人。

「嗚嗚～～……這是什麼鬼故事啦……放學後的校舍我再也不敢走了……」

「咦，瑪夏小姐？」

瑪利亞以雙手抱住自己的身體縮起脖子。看她臉上沒有一如往常的笑容，神經兮兮環視周圍的模樣，就知道她真的在害怕。對於好友的這種過度反應，坐在她正對面的茅咲帶著苦笑出言安撫。

「不，瑪夏，這只是傳聞，所以不必這麼害怕……」

「嗚嗚，可是，俗話不是說『無非不起疑』嗎？」

「嗯？我聽錯了嗎？應該是『無風不起浪』吧？」

「哈哈，總覺得這個口誤的難度高到沒必要的程度……不過意思本身說的是差不多的事情。」

「嗯嗯？」

「真是的，瑪夏！這是什麼誤解啦……」

瑪利亞眨了眨眼，艾莉莎不好意思般糾正。政近以餘光看著這一幕，露出略感意外的表情向茅咲開口。

「話說回來，更科學姊不怕幽靈嗎？」

「咦？……不，完全不怕。為什麼這麼問？」

「沒有啦，只是不經意覺得……您是會說『幽靈打不到所以會怕！』的類型？」

政近說出二次元暴力角色常說的制式台詞之後，茅咲打從心底詫異般歪過腦袋。

「你在說什麼？幽靈打得到啊？」

「咦？」

「咦？」

「「「「咦？」」」」

場中六人的視線一口氣集中在茅咲身上。然而茅咲像是不知道大家為何用這種表情看過來般畏縮起來。對於她不像是開玩笑的這種反應……

「所以會長，另外四項是什麼樣的內容？」

「啊，我也想問。」

「喔喔說得也是，其他的內容是……」

六人決定當作自己什麼都沒聽到。因為要是繼續深入，可能會窺見學校七大不可思議完全沒得比的深淵。嗯，既然打得到就不是幽靈，應該是很像幽靈的別種東西，總之就當成是這麼回事吧。

「那個，我聽到的內容是……」

然後，統也接著說出另外四項。

〈社辦大樓的啜泣聲〉：在社辦大樓，聽得到某處傳來女性的啜泣聲。

〈喚來幸運的階梯〉：在通往樓頂的階梯轉蛋，抽到ＳＳＲ的機率很高。

「不好意思，我去一下廁所。」

「要去可以，不過政近同學你把手機留在這裡吧。」

「啊，那還是不去了。」

「久世，你真老實。」

〈無形的貓〉：在操場旁邊的一間體育倉庫，不時聽得到貓叫聲。但是沒有任何人實際看見貓的身影。

〈校舍後方的狂櫻〉：生長在校舍後方的櫻花樹，可能會在夜晚瘋狂綻放。如果綻放的花朵是白色，就會為目擊者帶來幸運；如果是紅色，目擊者就會遭遇不幸。

「總之，加上周防的總共七項。」

統也說到這裡閉口，政近按著眉心像是頭痛般開口。

「那個，雖然對會長這麼說也無濟於事……不過吐槽點很多。應該說，轉蛋什麼的明顯是為了完成『七大』不可思議才拿來湊數的吧？」

「嗯，算是……吧？」

「像是女生的聲音……到頭來應該完全是灌進縫隙的風聲或是建築物的響聲……不過啜泣聲就令我有點好奇了。還有，貓叫聲單純只是有貓從哪裡迷路跑進來吧？」

「哎，正常來想應該是這樣沒錯。」

「還有那個狂櫻？說起來，我們學校的櫻花都是白色……花色的差異來自品種，所以並不會開出其他顏色的花。」

「話是這麼說沒錯……不過正因如此才是七大不可思議吧？」

「唔～～……就算這樣，感覺差別頂多在於目擊者認為是白色或粉紅色……」

說出這麼多否定的意見之後，政近自覺這樣像是在抱怨而聳了聳肩。

「不好意思，感覺我老是說一些負面的感想。」

「啊啊，不，這種批判性的意見也很重要，所以別在意。」

「謝謝。所以這七大不可思議怎麼了嗎？」

政近問完，統也面有難色雙手抱胸。

「關於這個……最近為了探訪這七大不可思議，明明沒事卻入侵校舍的學生好像很多……」

「這樣啊……」

「如果是前來學校進行社團活動的學生稍微到處閒晃就算了……不過聽說其中有人想進入封鎖的樓頂，也有幾名學生在半夜入侵校內。」

「呃，咦咦～～……都已經是高中生了，還會做這種事？」

政近一副不敢領教的樣子，有希也像是同意般點頭提出疑問。

「在半夜入侵……不就是非法入侵嗎？要是在這所學校這麼做，我覺得不會輕易了事……這份情報是來自哪裡？」

「啊啊……其實好像是有社群網站的私人帳號，上傳了實際拍攝這段過程的影片……看過影片的學生在前天脫口爆料。」

「唔哇……有夠蠢的～～這種傢伙到處都有耶。」

依照狀況可能會外流到校外引發熱議，上傳者被起底之後列出相關人員演變成全民公審的事件內容，不只是政近，艾莉莎與茅咲也板起臉。看來即使在征嶺學園這樣的名門學校，也有缺乏危機管理能力的囂張傢伙。

「嗯，總之對於這部影片的相關人員，我已經立刻私下嚴重警告。影片好像也已經刪除，當下應該暫且沒什麼問題……但是不保證除此之外沒有其他學生做出類似的事。這次湊巧沒有老師收到消息所以還好，但要是被老師發現應該難免受罰吧。」

「說得也是。幸好事情沒鬧大就解決了。」

統也點頭回應有希這段話，稍微拉高音調。

「所以，為了平息這次七大不可思議的風潮，要不要由我們學生會來調查七大不可思議？」

「調查……也就是說要查明原因……簡單來說是要放出『全都是謠言』的情報，沖淡學生們的好奇心嗎？」

「一點都沒錯，周防。坦白說，在證據這方面，無論是捏造還是怎樣都好。比方說關於體育倉庫的叫聲，隨便找隻貓帶來一起拍照，宣稱貓已經找到了就好。目的不是揭發七大不可思議的真相，而是偽裝成已經揭發。總之我希望儘早結束這次七大不可思議的風潮。」

「其實，劍道社也有社員們在傳這件事……總之，我不認為那些孩子會做出非法入侵的行徑，但是會令人有點在意吧……」

聽到茅咲這麼說，政近即使心想「不，更科學姊說出『幽靈真實存在』這種話也是原因之一吧……」還是點頭回應。

「我知道了。這確實也是學生自治的範圍，也是學生會的職責吧。」

政近這段話引得其他成員也紛紛出言同意。所有人都毫不猶豫表示願意協助，統也像是鬆一口氣般綻放笑容。

「謝謝。事不宜遲，我想請各位開始調查……但是很抱歉，雖然是我自己這麼發起的，不過我與茅咲接下來要去開會討論制服那件事……」

「對不起。會議從中午開始，所以今天不太能參加……」

統也與茅咲真的深感抱歉般露出愁容，但是五人像是要求不要在意般開口。

「不不不，完全沒問題的。反倒是你們那邊會比較辛苦。既然集訓的時候要去會長的別墅打擾，這種程度不算什麼。」

「是的，畢竟人數這麼多也派不上用場，這裡請交給我們吧。」

「這邊由我們處理，請兩位不用在意。」

「如各位所說。祝兩位馬到成功。」

「我們這邊會自己努力哦？我，我也……雖然會怕，但是會努力！」

聽到大家紛紛出言打氣，兩人露出笑容，然後眾人開始一起討論接下來該怎麼具體行動。

「那麼，我們就分頭調查吧……話是這麼說，不過大約有一半的傳聞只能在傍晚以後調查。」

「說得也是……不好意思，我與綾乃晚上有門禁……」

「啊啊，總之這也沒辦法。那麼，傍晚以後的調查就由我、艾莉與瑪夏小姐來負責嗎……？」

「我不在意。」

「唔，嗯，知道了。」

「抱歉了，三位。關於這方面的許可，由我向老師拜託吧。表面上隱瞞先前有人入侵的事實，只強調有學生對於七大不可思議感到不安。」

「這個做法不錯，拜託會長了。」

後來討論一些細節之後，會議暫且結束。眾人將在休息之後實際展開調查。

「啊，久世學弟。」

「嗯？」

進入休息時間，眾人各自去上廁所或是買飲料的時候，也正準備去上廁所的政近被茅咲從後方叫住而轉過身去。接著，茅咲從書包取出某個東西遞給他。

「來，這個借你。」

「這是……」

茅咲遞出的物品……居然是念珠。而且還是以磨得晶亮的黑曜石串成，莫名正統的念珠。

（怎麼回事？）

學姊出借念珠的這種神祕展開，使得政近僵住了。大概是察覺政近的這份困惑，茅咲補充說明。

「你想想，萬一『真的』出現就要有因應手段。拿去用吧？」

「啊？您說『真的』……咦，難道是『真的幽靈』的意思嗎？話說，您叫我拿去用是要怎麼用……」

是以雙手夾著晃動然後誦經嗎？政近腦中浮現漫畫裡和尚的除靈場面如此心想。

「問我怎麼用……」

對此，茅咲反而露出有點為難的表情，然後將念珠戴在右手食指到小指的範圍並且纏起來，看起來像是拳套。

「把這個，弄成這樣……」

「……喔。」

接著，茅咲將纏在手指的念珠用力緊握成拳頭，迅速朝著無人方向打出正拳。

「然後這樣！」

「喔耶。」

換句話說，就是用打的。有時間誦經的話還不如先打再說。肌肉果然可以解決一切是吧。

「啊，可能很難接近對方的時候，拆散當成指彈來使用也很推薦。」

「居然把指彈說得像是必修科目。不，但是我知道怎麼用。因為是阿宅。」

「喔喔，那我不用多說了。那麼這個借你。你就用這串『連陽法蓮劈凱珠』保護女生們吧。」

「明顯是在最終迷宮獲得的物品。沒問題。沒問題嗎？我的裝備等級夠嗎？」

「沒問題沒問題。即使力量不夠，也只會多少被吸收一點壽命而已。」

「什麼嘛～那就可以放心了耶！」

政近像是「呀哈☆」般開朗說完，慎重接過念珠。

（話說這個人，為什麼能露出這麼愉快的笑容……）

還是老樣子，搞不懂這位學姊有幾分是認真，有幾分是開玩笑的。對此感到戰慄的政近暗自決定「無論如何都不把這個戴在身上」。

◇

「好，那就開始調查吧！」

「說這什麼話，不是已經調查一項了嗎？」

通往樓頂的這段階梯，響起艾莉莎傻眼吐槽的聲音。對此，政近以瞳孔放大的危險笑容轉身看過來。

「哈哈哈，妳在說什麼呢？調查不是現在才開始嗎？」

「不……就說了，剛才這段階梯的——」

「什麼都沒有耶？嗯。每天勤快看廣告存下來的五千石居然瞬間扔水溝，這簡直是幻想耶？」

「唉……」

在全力逃避現實的政近身旁，有希露出無懼一切的笑容。

「呵，呵呵……如果要斷言這個傳聞是假的，測試的次數還不夠。你不這麼認為嗎……？」

「萬萬不可，有希大人。接下來是泥沼。」

這邊的有希同樣掛著瞳孔放大的笑容準備課金，綾乃冷靜阻止。兩人轉蛋的結果都是大爆死。別說SSR，連SR都沒出，千真萬確的大爆死。甚至覺得反倒比平常的手氣還差。

開始調查沒多久，兩人就早早被完全不同於恐怖的原因而大減SAN值。看見這副模樣，平常沒在玩社群網路遊戲的瑪利亞，露出有點為難的笑容。

「那個，還好嗎？我來摸摸頭安慰一下吧？」

「瑪夏，妳不用這麼做沒關係的。」

「可以嗎？」

「你也不准上鉤！」

經過這段風波，花費數分鐘回復心態的政近，完全無視於艾莉莎「我可不想變成這樣……」的冰冷視線，筆直指向階梯上方。

「那麼出發吧，前往樓頂！」

「為什麼興奮到這種不必要的程度啊……」

「不，當然會興奮吧？學校樓頂不就是浪漫的聚合體嗎？」

「什麼意思？」

艾莉莎疑惑皺眉，但是一旁的瑪利亞深深點頭。

「我懂喔～～……樓頂很棒耶～～總覺得可能會發生美妙的事情？」

「呵呵呵，在青春小說之類的作品裡，主角們確實經常會聚集在樓頂對吧？」

瑪利亞滿懷期待般發出喜悅的聲音，有希的臉上也掛著高雅笑容洋溢期待感。綾乃是空氣。

「總之，就是這麼回事。而且這裡平常是封鎖的，又增添一種祕密基地的感覺，這樣真棒～～」

「啊，是喔。」

政近以異常火熱的視線看向樓頂，艾莉莎像是「跟不上這種步調」般輕聲嘆氣。

「總之這種事無所謂，但是別忘記原本的目的哦？」

「是是是……」

政近隨便點頭回應艾莉莎的忠告，走上階梯，仔細端詳通往樓頂的門。

「唔唔～～構造上沒有特別的問題，門把與門鎖好像也沒損壞，要入侵應該……辦不到吧？」

「也對～～我覺得學生應該沒辦法擅自闖入。」

周圍調查一遍之後，得出的結論是沒鑰匙就不可能入侵。

「好！那就出發吧！」

「好～～那我開門嘍～～」

然後瑪利亞終於以先前從教職員室借來的鑰匙開鎖，通往樓頂的門打開了。

「喔喔～～」

通往未曾進入之樓頂的道路被開啟，政近發出充滿期待的聲音。射入的耀眼陽光令他瞇細雙眼，然後——

「髒死了！」

毫無浪漫可言的光景令他表情扭曲。

總之因為沒人打掃，所以真要說的話是理所當然……不過樓頂整面被某種黑色的東西覆蓋，到處都有鳥糞，圍欄下方長滿綠色的苔蘚，絲毫沒有乾淨的感覺。

「唔哇……」

「……這個挺驚人的。」

「嗚嗚……夢想沒了……」

原本對於樓頂感覺很浪漫的三人，內心的幻想被淒慘摧毀，完全變成意氣消沉的模樣。尤其是瑪利亞明顯沮喪不已，艾莉莎傻眼看著她，將話題拉回原本的目的。

「所以，要怎麼做？以七大不可思議的對策來說……向大家說明出現在這裡的人影是普通的人類，應該是最好的做法吧？」

「說得也是……還是在面向操場的那排圍欄附近留下腳印，然後拍下這樣的光景就好吧？也可以連同照片放出廠商曾經來到樓頂的情報。既然學生不可能入侵，也沒有其他的方式可以說明，反過來說也沒人能夠否定廠商的存在吧？」

「哎，這麼做很妥當……應該說，我們也只能做到這種程度了吧。」

政近同意有希的提案，不經意抬頭一看，察覺四人的視線都朝向他。

「……咦，我嗎？」

「以鞋子尺寸來說，只能這樣吧？」

「以體重來說，重一點的人也比較容易留下腳印吧？太好了，你可以進入嚮往的樓頂了。」

兩名下任會長候選人很有默契地逼迫政近。雖然嘴裡說得很中肯，但是明顯看得出她們的真心話單純只是不想親自踏入樓頂。

「咦咦～～……要用鞋子踩這裡？」

不過，政近在這方面也一樣。應該說任何人都不想進入這麼骯髒的場所，用力以鞋子踩踏留下腳印。難道就沒有別的方法嗎？即使政近努力看向瑪利亞求助……

「嗚嗚，在樓頂放煙火……鋪塑膠墊享受午餐時光……躲起來偷抽菸……」

……看來她還在追尋已經破滅的夢想。話說不可以抽菸吧？不可以。

「……那個，不然由在下代勞吧？」

緊接著聽到綾乃看向這裡說出這種話之後，政近別無選擇了。

「不，我來吧……」

然後，政近只好先回到一樓拿鞋子過來，在夏季天空下一邊揮汗，一邊在樓頂留下腳印。

（昔日在學生會的工作之中，有過這麼淒慘的工作嗎……）

看向下方，運動社團明明在操場流著痛快的汗水。看向上方，鳥兒明明在天空自由飛翔。啊啊，看起來真是舒服。不過在樓頂滴滿鳥糞是唯一絕對不能原諒的事。

「政近同學～～？你的腳停下來了哦～～？」

妳這傢伙也一樣。以為我是因為誰的提議才這麼做的？

（啊啊，真是的……）

浪漫的夢想被骯髒的現實粉碎，又被迫進行淒慘的工作……內心累積各種挫折的政近，在一時衝動之下實行「想在學校樓頂做的事情排行榜」第十一名。他深吸一口氣跑向圍欄，然後朝著操場……

「青春你這個大笨蛋——！」

「笨蛋是你。」

實行之後，立刻被艾莉莎賞以冰冷的話語而擊沉。

第6話 倉庫與密室

「真是的，丟臉丟到家了。」

「剛才是一時衝動就想試試看……」

樓頂的工作結束之後，政近和艾莉莎前往操場。目的地是體育倉庫。

剩下的五項傳聞之中，可以在白天調查的是〈無形的貓〉以及〈社辦大樓的啜泣聲〉。眾人兵分二路調查這兩處。

基本上以選舉搭檔分組，考慮到調查範圍，讓瑪利亞去社辦大樓那邊。

「一時衝動就大喊，完全只是危險人物吧？」

「……不，總之為了避免樓下聽到，我好歹有控制音量啊？」

拌嘴聊著這個話題的兩人，抵達了體育倉庫。拉開沉重的金屬門，悶熱又帶著塵土的空氣從內部流出，兩人反射性地板起臉。從門口射入的陽光，清楚照亮空氣中飛舞的塵埃，看起來對身體非常不好。

「唔哇……要調查這裡面嗎？」

「……抱怨也沒用吧，快點開始吧。」

下定決心入內之後，首先豎起耳朵注意是否聽得到叫聲。

「……」

「……」

——咪。

「唔！剛才我聽到聲音！」

「咦，從哪裡？」

「安靜一下！」

政近來到艾莉莎身邊，一起豎起耳朵……

「好～再來一球！」

「加把勁吧～～！」

「「「是！」」」

「啊啊真是的，外面吵死了！政近同學，關門！」

「啊，是。」

不耐煩的艾莉莎一聲令下，政近關上沉重的拉門。瞬間，倉庫內不再通風，感覺變得更熱了。不過政近暫時忍耐，豎起耳朵。

「……」

「……」

不過，即使將注意力全部集中在耳朵約二十秒，還是只聽到運動社團的聲音。終於，艾莉莎不滿般低語。

「聽不到了……啊啊～真是的，剛才明明有聽到……」

「別氣別氣，總之我先開門……妳想想，畢竟這裡又熱又暗。」

政近開口安撫艾莉莎，打開拉門……

鏗！

「嗯？」

打不開。只稍微拉出一條門縫就停住。

「嗯？怎麼了？」

「不，有點……」

政近心想應該沒這種事，雙手抓住門把以全身體重用力拉，還是打不開。

「咦，不……不會吧……」

「……是真的。」

艾莉莎掛著慌張與疑惑各半的表情接近過來，政近讓出空間給她。

不過即使換人也不可能打得開。

就在這時候，政近的手機輕輕振動。拿出來一看，上面顯示有希傳來的訊息。

『安安，我是非常懂事又能幹的妹妹，有希小可愛。』

在這個時間點，政近就想扔手機了。但他克制下來等待下一封簡訊。不久之後，下一段訊息傳來了。

『為了把艾莉同學帶進家裡卻什麼都不敢做的窩囊哥哥著想，我準備了美妙的事件。』

……不，上次好歹進行了類似約會的事件。

不過記憶從中途就消失了。只是有希不可能知道，所以政近沒吐槽。

『是的，將傳統又美好的戀愛喜劇制式事件，以及最近在某些小圈子流行的制式事件融合而成，名字就叫做「不色色就出不去的體育倉——』

「我扔！」

看到這裡，政近忍不住扔掉手機。他的手機「波」一聲埋進巨大的藍色跳高墊。同時，突然的怪叫引得艾莉莎肩膀一顫，轉過身來。

「什……什麼事？怎麼了？」

「……不，沒事。只是連絡不上有希所以有點煩躁。」

其實已經連絡上了。不過即使連絡上犯人，對方也不可能搭救。現在回想起來，艾莉莎剛才聽到的貓叫聲也很可疑。認定那也是有希以手機播放的聲音比較自然。

這一切都是為了讓政近與艾莉莎主動關門，更是為了從外側鎖住兩人。

（老妹喔喔喔喔喔——！）

政近咬緊牙關避免出聲，只在內心大叫。他前方的手機再度收到訊息。

『放心吧，為了避免中暑，我會在適當的時間點釋放你們。』

（真是謝謝妳啊！）

『所以在這段時間，至少摸個奶子吧。不然真的衝本壘也沒關係哦？』

（怎麼可能啦！）

政近從緊咬的牙關發出呼嘶呼嘶的激動聲音，撿起手機。此時，艾莉莎一邊搖頭一邊開口。

「……不行。也連絡不上瑪夏。」

「……這樣啊。」

對於政近來說，這在預料的範圍內。

有希不可能沒在這方面動手腳。真要說的話，甚至也可能先對外面的運動社團說「倉庫那邊會有點吵，但是請別擔心。」

所以，政近基於現狀……

「……總之，已經傳訊息到學生會群組了，而且無論如何，他們那邊調查完畢應該就會有人來，所以只能等到那時候了吧。」

他姑且這麼說。

「唔……」

「居然說要等……大聲向外面求救不就好了？」

「省省吧。反正外面聽不到，也只會白費力氣變得口渴又熱。」

無法補給水分的這個事實，使得艾莉莎也不再多說。接下來大約十秒，她也默默思考能否逃離這裡，卻沒特別想到什麼好點子而聳肩。

「……那麼，在別人來救我們之前先找貓吧。」

「不，妳也太正經了吧？」

「為什麼這麼說？反正原本就是來找貓的，而且剛才不是真的聽到叫聲了嗎？」

「唔唔，總之……這……也是吧？」

依照政近的想法，這很可能是有希暗中搞鬼。不過沒有確切的證據，也不能說出這個推測的根據，所以政近只能含糊點頭。

大概是解釋為消極的肯定，艾莉莎先按下門邊的開關要打開日光燈。然而……

「……哎呀？」

「啊啊，這麼說來，這裡的日光燈壞掉了……」

安裝在天花板的兩根日光燈，其中一根完全不亮，另一根也只朦朧發出淡橙色的燈光，幾乎沒盡到照明的職責。

門關上的現在，像樣的光源只有設置在牆壁高處的小窗，而且大部分都被堆積在前方的各種器具擋住。

因此，雖然至少看得見彼此，倉庫牆邊卻沉入陰暗之中。

「……妳看，這麼暗也沒辦法找貓，我們就乖乖等吧？」

「用手機的手電筒不就好了？好啦，開始找吧。」

「咦咦～～……」

政近的說服毫無效果，表現優等生風範的艾莉莎開始找貓。

這麼一來政近也不能偷懶，不得已開始搜索。兩人不經意左右分開，分頭尋找貓的痕跡約五分鐘後。

「好熱！」

別說貓的身影，連貓叫聲都沒聽到，倉庫內悶熱的空氣使得政近忍不住開始脫掉制服外衣。

領帶也解開，掛在附近放球的籠子，然後拉起襯衫衣領頻頻搧風。

「唉……會長正在進行的制服換季計畫，我等不及了……」

「……也對。終究好熱。」

沒特別期待回應的這句呢喃獲得認同，政近瞥向艾莉莎，隨即發現她也正要和政近一樣脫掉外衣。

接著也解開領結，卸下吊帶裙的吊帶，成為只有上半身半脫的狀態，然後輕輕吐氣朝臉蛋搧風。

（唔……）

這幅光景，難免令政近想起約一個月前在學生會室發生的事件……也就是催眠術事件，感受到一份難以言喻的尷尬。

大概是從政近的視線感覺到了什麼，視線忽然相對的瞬間，艾莉莎皺起眉頭，像是要保護自己的身體般迅速轉過上半身。

「等一下……不要老是看這裡啦。」

「啊，啊啊，抱歉……」

不，這副模樣沒什麼好奇怪的。如果只看服裝，真的和一般學校的夏季制服沒什麼兩樣。然而明明只是把至今穿在身上的衣服脫掉，卻不知為何看起來莫名煽情。

（啊啊～～真是的，事到如今就專心找貓吧。）

政近如此下定決心，再度開始搜索。然而……

「……什麼都沒找到。」

雖然將各處的器材打開或是移開，卻沒找到貓的身影。只不過，既然七大不可思議的名稱是〈無形的貓〉，這也可說是理所當然吧。

「那麼就是……上面嗎……？」

政近看向和自己頭部差不多高的架子，然後板起臉。

該處有小型三角錐、車輪變形的劃線機以及內容物不明的紙箱……平常鮮少使用的物品凌亂堆放，光是要把任何一個物品拿下來應該就非常麻煩。

（……話說，反正傍晚也要調查，到時候再三人一起來比較好吧？）

應該不必刻意在這麼熱的時候調查……政近如此心想，看向艾莉莎想徵詢意見。

「我說啊，艾——」

然後，他看見艾莉莎鑽進堆在牆邊的跨欄架橫桿下方，不知道在深處尋找什麼，因而把話語吞回肚子裡。

隨著跨欄架喀喳喀喳相互碰撞的聲音，艾莉莎的臀部微微搖晃。裙襬沙沙，沙沙……地擺動。大概是上半身趴低以免背部撞到橫桿，所以非常若隱若現……應該說，只是因為政近站著所以看不見，要是蹲下來大概可以輕鬆看見內褲。

（……真的假的？）

艾莉莎春光外洩的機會出乎意料來臨，政近嘴角抽動。

在倉庫裡的悶熱空氣中，艾莉莎微微搖晃的臀部，感覺像是在勾引政近。

在黑暗中朦朧浮現的雪白肉肉大腿流下一滴汗，這幅光景何其煽情。啊啊，那滴汗到底是從哪裡流下來的？好想親眼確認——

「……唔嗯！」

政近發出像是劇烈咳嗽的聲音，朝自己額頭打一拳，趕走下流的想法。然後他大口吐氣，試著將熱到快熟透的大腦冷卻下來。

（冷靜下來……春光外洩始終是偶發的幸運色狼事件。在主動窺視的時間點就不算是春光外洩！只是普通的偷窺吧！）

政近以可能被吐槽「是這種問題嗎」的論調斥責自己。他像是在鎖螺絲般把拳頭按在額頭轉動，並且用力瞪向艾莉莎的裙子。

（就算這麼毫無戒心，趁著這種機會偷窺是妖孽的行徑！是破壞彼此信賴關係的行為……所以，我絕對不會做這種事！絕對…………話說這雙腿真讚。）

被過膝襪繃緊而稍微擠出肉的大腿莫名性感。大腿相互碰撞頻頻變形的模樣，使得政近的視線忍不住追著跑。

（……嗯，這不是偷窺。換句話說……不成問題吧？）

政近就這麼以拳頭按住額頭，像是發燒頭昏般出神看著艾莉莎的腿。就在這個時候，手上的手機噗噗震動，政近嚇得身體一顫。如同上課打瞌睡時被人戳醒的反應。

毫無意義游移視線再取出手機一看，又收到來自有希的簡訊。

『艾莉同學跪趴在地上的屁股線條，讓小頭變得硬梆——』

看到這裡，政近默默關閉手機畫面。然後他猛烈覺得尷尬又害臊，環視周圍想知道有希在哪裡觀察——

「……咿，咿啊！」

突然響起這聲抽泣般的哀號，政近反射性地轉過身去。

仔細一看，艾莉莎正在向後爬出來，跨欄架也發出喀喳喀喳的響亮聲音。

不顧一切的這股氣勢，使得艾莉莎的裙子大幅擺動。

「唔！」

春光真的即將外洩，政近連忙抬頭向上看。不過艾莉莎看起來完全無暇在意，掛著完全僵硬的表情跑過來，雙手抓住政近的手臂。

「什……什麼事，怎麼了？」

「有……有老，有老鼠……！」

「咦？老鼠……？」

政近皺眉將視線下移看向艾莉莎，和抬頭的艾莉莎四目相對。

此時，艾莉莎似乎慢半拍察覺自己抓著政近的事實，她瞬間像是吃驚般看著自己的手，然後慌張鬆手。

然後，她如同要克制雞皮疙瘩般以雙手抱住自己身體，露出害怕與厭惡的扭曲表情看向跨欄架深處。

「那個，裡面……有老鼠的屍體……」

「……嗚呃，真的嗎？」

「小動物的屍體」這個詞引發生理上的厭惡，政近也板起臉。但是艾莉莎以「你也去確認一下啦」的眼神注視……所以他不情不願舉著手機走向跨欄架。

「唔喔……」

跪趴下來鑽進跨欄架的橫桿下方，戰戰兢兢以手電筒照向牆邊。然後……

「嗚……！」

在右側拔河用的巨大繩索暗處發現那個東西之後，政近不禁出聲。他連忙從跨欄架下方鑽出來，回到艾莉莎身邊。

「……有找到吧？」

「有找到。應該說一直都在那裡。嗚～～好噁心。」

政近自己沒有好好看過老鼠的經驗。正因為沒看過，所以對於老鼠只隱約抱持不乾淨的印象……不過看見這種即將腐爛的屍體，已經完全只有厭惡感了。

「嗚嗚……不過這麼一來，不就證明實際上真的有貓嗎？總覺得那隻老鼠身上好像有咬痕……」

「也……也對……可是，總不能拍下那個當成證據照片來用吧？」

「那當然。就算打馬賽克也會害得大家哇哇大叫吧……應該說，到時候再也沒有人敢接近體育倉庫了。」

兩人一齊摩擦手臂發抖。

已經完全是不同於七大不可思議的恐怖體驗。

背脊竄過一陣涼意，全身噴出不舒服汗水的感覺，使得政近快步走向剛才掛著制服外衣的場所，也把襯衫解開釦子脫掉。

「嗚嗚～～好噁心！流出奇怪的汗了！」

然後脫到剩下一件衛生衣，從長褲口袋取出手帕，擦拭脖子與胸口的汗。

「等，等一下……！不要突然脫衣服啦！」

「啊？」

此時，艾莉莎發出慌張的聲音，政近一邊擦汗一邊轉過身來，發現艾莉莎在黑暗之中靜不下心游移視線。

「不，我沒要繼續脫啊？而且也看不見什麼吧？」

「雖然看不見……但不是這種問題吧？」

「不不不，下次的集訓會穿泳裝對吧？換句話說，上半身是裸體……」

「我……我說啊，在這種密室突然脫衣服，任何女生都會提高警覺吧？」

聽到艾莉莎這麼說，政近語塞了。

確實，在孤男寡女待在密室的狀態，要是男性突然脫起衣服，女性應該會感覺到身體有危險。即使彼此認識也一樣。

「……說得也是。抱歉，我太冒失了。」

「咦，唔，嗯……總之，道歉就好……」

政近率直低下頭，艾莉莎有點尷尬般回應，然後以俄語輕聲說下去。

【這樣會害我心跳加速吧……？】

（是提高戒心的意思，對吧？）

政近立刻在腦中做出稱心如意的解釋，完全當成耳邊風。數秒間，難以言喻的微妙氣氛在體育倉庫裡流動。不過政近像是要改變氣氛般咧嘴笑著開口。

「不過，如果是嬌弱女生這麼說就算了，感覺就算聽妳這麼說也還好耶。」

「呃，這是什麼意思！」

「沒有啦，因為妳有在密室推倒男生的前科……」

「那……那是，那個……」

回想起數天前在政近房間發生的事，艾莉莎結巴了。就這麼比剛才更靜不下心讓視線游移數秒之後，她狠狠瞪向政近。

「當時是因為你破壞氣氛吧！」

「唔，嗯？是這樣嗎？」

「沒錯！」

艾莉莎果斷說完，像是這個話題就此結束般撇過頭去。強行中斷話題的這種做法使得政近心想「那就當成是這麼回事吧」露出苦笑。

【如果，當時表現得正經一點……我也……】

突然輕聲傳來的俄語，令政近的笑容僵住。

（哎呀？這是什麼意思呢？）

我也……怎麼樣？如果當時沒有破壞氣氛？會演變成什麼狀況？

在黑暗之中，看不清楚艾莉莎的表情。雖然看不見，不過從她一如往常玩弄頭髮的指尖來看，艾莉莎現在肯定……

「喵～」

「「！」」

這時候，右上方區域突然傳來貓叫聲，兩人彈起來般轉身看去，隨即發現堆放在架子的紙箱上方有一隻黑貓。

「「……」」

「……」

突然面對面，政近與艾莉莎都不發一語注視貓。對於貓來說，這似乎也是意料之外的遭遇，一副「那裡有東西？」的感覺目不轉睛注視兩人。視線就這麼交錯數秒。

首先回神的政近，為了拍下貓的身影而準備拿起手機，貓卻迅速往前趴，瞬間進入備戰狀態，使得政近停止動作，半秒後，貓輕盈翻身消失在紙箱後方。

「啊……」

政近錯愕出聲，連忙跑向貓剛才所在的場所，然後拿開貓藏身的紙箱……耀眼的光芒隨即射入眼簾，政近反射性地瞇細雙眼。

「嗯？這是什麼？」

位於該處的是挖開牆壁的四方形孔洞……後方疑似是朝下開口的遮雨罩。稍微跳起來就可以從這個洞看見戶外地面。

「唔～～唔？原本有裝通風扇嗎……？」

政近不禁有這種感覺。而且定睛一看，孔洞邊緣留著安裝過某種裝置的痕跡。

「所以是從這裡出入的？」

「啊啊，看來是這樣……」

艾莉莎來到身旁詢問，政近回應之後不經意看向她……然後僵住數秒，默默移回視線。這個反應的原因是……

（整個透出來了，笑死。）

換句話說，就是這麼回事。從孔洞入侵的陽光照亮艾莉莎的上半身。悶熱造成的汗水以及恐懼造成的冷汗導致襯衫溼透，清晰透出黃色的蕾絲。不只如此，襯衫還緊貼肌膚……曲線真是不得了。對於青春期男生來說，這種身體線條有點刺激過度。

（關於我迴避春光外洩事件之後居然遭遇內衣透光事件的這檔事。）

出乎預料的事態使得政近在腦中進行愚蠢的獨白，不過艾莉莎看起來沒察覺政近的這份慌張，孔洞吹進來的風令她鬆了一口氣。

「啊～涼快一點了。」

不過政近的身體反而好像更火熱了。無預警的幸運色狼事件害得他的腦子差點再度燙熟，總之為了避免繼續目睹這幅迷人的光景，政近默默將紙箱放回原位，然後假裝沒察覺艾莉莎像是在問「明明很涼，為什麼要封住？」的視線別過頭去，開始把剛才搬動的各種東西歸位。

「……總之，既然找到叫聲的嫌犯……封住那邊的洞之後就不會被入侵了吧。」

「嗯？也對。」

政近的音調突然壓低，對此感到疑惑的艾莉莎也開始幫忙整理。經過數分鐘大致整理完畢的時候，戶外傳來有希的聲音。

『政近同學、艾莉同學？哎呀？為什麼上了鎖……』

聽在政近耳裡只像是睜眼說瞎話的這個聲音停止之後，響起喀喳喀喳解開門鎖的聲音。政近心想「真是的，終於來了嗎」聳了聳肩……然後察覺大事不妙。

（等一下……艾莉就這麼出去的話不妥吧！）

雖然十之八九應該不會這樣，但是附近如果有別的男生就完全是事故，即使沒有別人，被有希看見的話肯定會慘遭調侃。事後絕對會被她說「嗯嗯？當時怎麼樣啊？和內衣透光的艾莉同學在一起，你感覺如何啊？」消遣到不行！

（怎……怎麼辦？想辦法把艾莉藏起來……可是要怎麼做？何況我提醒之後也會出

現別的問題，可是不提醒的話就不能補救必須盡量妥善處理啊啊沒時間了——！）

猛烈運轉大腦約兩秒後……政近一把抓起自己掛在附近的制服外衣，從艾莉莎背後輕輕為她披上。

「嗯？什麼事？」

然後，艾莉莎掛著疑惑表情轉過身來，政近輕輕朝她投以溫柔笑容。突然看見充滿慈愛的雙眼，艾莉莎肩膀輕輕一顫，睜大雙眼。

兩人的視線在極近距離交纏。似乎連彼此呼吸都感覺得到的距離感。這副模樣彷彿是在躲雨的時候，男生將自己外衣披在淋溼女生身上的心動光景。環繞肩膀的雙手使得艾莉莎誤以為自己從背後被緊抱。

一般來說，這是即使覺得身體有危險也不奇怪的狀況。然而艾莉莎動不了。就只是一直睜大雙眼，用力抓著政近的制服外衣。對於這樣的艾莉莎，政近更加溫柔瞇細雙眼，以溫和語氣告知。

「小姐……妳的內衣透光了咕噗！」

然後話還沒說完，就被賞了一個耳光震飛。

「要要要要快點說啦這個笨蛋！」

艾莉莎半哀號如此大喊的這時候，有希開門了。然後她看向埋進跳高墊的政近，眨了眨眼。

「那個，這是——」

「哼！」

有希開口想消除疑問，但是艾莉莎哼聲以粗魯腳步走過來，所以她連忙讓路。目送艾莉莎走向校舍離開的背影數秒後，有希忽然發出十分理解的聲音。

「啊啊，胸罩透光了嗎？」

「說真的，妳這傢伙的敏銳直覺是怎麼回事？」

「呵，我擁有戀愛喜劇天分，可以感應到戀愛喜劇的波動……」

「真的假的……這天分要用在哪裡？」

政近以傻眼語氣說完，慢慢從墊子起身。然後在妹妹露出奸笑眼神要說些什麼之前，他先發制人開口。

「找到無形的貓了。也查明入侵管道了。」

「……真的假的，哪裡？」

有希終究露出感興趣的樣子，政近帶她繞到體育倉庫後方。

「妳看，在那裡。乍看像是通風口，不過那裡其實是拆掉通風扇，可以進入倉庫的洞。」

「是喔……」

政近指著安裝在牆面的遮雨罩這麼說完，有希也沉思環視周圍……忽然像是察覺什麼般停止動作。

「嗯？怎麼了？」

「……欸，你有親眼看見貓從那裡出入嗎？」

「嗯？總之……雖然不是實際目擊現場，不過從前後的行動來看，我覺得應該是從那裡出入吧……畢竟看起來沒有其他可以進去的地方。」

政近說完，有希慢慢抬起頭……以正經表情低語。

「要怎麼做？」

「咦？」

「要怎麼從那裡進去？」

聽到這句話，政近重新觀察，發現體育倉庫後方完全是平地，沒有任何可以踩到高處的物體。而且地面和通風口的距離，再怎麼估算也超過一公尺半。

「確實……」

察覺到這個事實，政近感覺背脊一陣發寒。這正是明白箇中含意之後就很恐怖的鬼故事嗎……在如此心想的這時候，左手邊的斜坡傳來細微的聲響，政近與有希同時迅速轉身。

「啊……」

位於那裡的是剛才目擊的黑貓。在斜坡的草叢裡，以像是在問「你們是誰啊？」的眼神注視這裡。

就這麼相互注視數秒。這次政近真的迅速以手機鏡頭朝向該處要拍下貓的身影。而且在開始錄影的下一剎那，貓迅速看向體育倉庫，以驚人氣勢開始奔跑。

貓以追捕豺狼的獵豹動作般猛然跑過斜坡，在體育倉庫前方縱身一躍，就這麼抓住牆面，然後若無其事沿著牆壁往上跑。如同忍者般迅速爬上水泥磚牆。

「「……貓超強的！」」

順帶一提，這時候拍下的影片，後來在社群網站廣傳爆紅。

Иногда Аля внезапно кокетничает по-русски

第7話 星座與正坐

「……呃～～那就出發……吧？」

校內社團活動結束的下午七點。買超商便當提早吃完晚餐的學生會室裡，政近有所顧慮般觀察兩側。

「喔，喔喔～～……」

「早點結束吧。」

看起來明顯腿軟的瑪利亞，發出顫抖的聲音舉起手。艾莉莎掛著若無其事的平靜表情雙手抱胸，指尖卻靜不下來不斷輕敲……老實說，從出發之前就滿懷不安。

「那個，瑪夏小姐沒問題嗎？應該說，看起來完全不像沒問題……」

「咦，咦咦～～？沒這回事啊？我會努力！」

即使眼角微微抽動，瑪利亞還是緊閉雙唇，雙手用力握拳。這副模樣看起來充滿幹勁，總覺得令人會心一笑……

「不，妳說『會努力』的時間點就有問題了……」

這句發言已經承認自己在怕了。對於瑪利亞前途堪憂的這種態度，政近卻只告知「請千萬不要勉強自己喔」，看向另一側的艾莉莎。

「所以，艾莉沒問題嗎？」

「嗯？沒問題啊？我又不是瑪夏，沒在怕的。」

艾莉莎疑惑般揚起單邊眉角，有點傻眼地看向瑪利亞……但是不知道是否政近多心，總覺得她看起來只是故做鎮靜。然而這時候指出這一點也無濟於事，所以政近將嘆息吞回肚子裡，打開學生會室的門。

此時，人體感應器隨即產生反應，打開走廊的照明。政近對此聳了聳肩，轉身面向後方。

「看，瑪夏小姐，燈會正常打開。說起來外面還沒那麼暗，不會恐怖啊？」

「嗯……」

瑪利亞點頭回應政近這段話，戰戰兢兢外出來到走廊。對此稍微露出傻眼表情的艾莉莎也來到走廊關上門。

「那麼，先去美術室，再去校舍後方……然後逛校舍一圈尋找〈紅色女學生〉，大致是這種感覺。」

「唔，嗯。」

「好的，就這麼做。」

確認兩人點頭之後，政近帶頭前進——

「啊，等一下！」

……的時候，右手立刻從後方被抓住。轉頭一看，瑪利亞已經露出快要哭出來的表情頻頻瞥向窗戶。

「不要先走啦，這樣不是很恐怖嗎？」

「……不，所以說妳留在學生會室也沒關係……」

「落單的話絕對會被襲擊吧！」

「被什麼襲擊？學校的鬼故事並不是驚悚恐怖片啊？」

瑪利亞反常以半哀號的聲音迅速這麼說，政近吐槽她可能誤以為這是會被殺人魔追殺的恐怖片。然而瑪利亞似乎在意得不得了，視線不斷朝向窗戶，握住政近手掌的小手也怕得頻頻發抖。

「我知道喔……在這種場合，會突然從外面打破窗戶進來吧？」

「不，這次的鬼故事，並不是會從戶外襲擊的類型……唉，這樣可以嗎？」

政近一邊嘆氣，一邊移動到瑪利亞身旁，可以保護瑪利亞不受窗外襲擊的位置。接著，艾莉莎也嘆氣移動到瑪利亞的另一側。

「……來。這樣的話，即使教室有什麼東西跑出來也能放心吧？不，沒有任何東西會跑出來就是了。」

「唔，嗯……艾莉，謝謝妳。」

瑪利亞僵硬點頭之後，也握住艾莉莎的左手。對此，艾莉莎眉頭瞬間一顫，不過隔著瑪利亞的頭和政近四目相對之後，她死心般聳肩。

政近與艾莉莎從兩側牽著瑪利亞。相較於兩側，只有正中間矮了一截，完全是親子的構圖。不過實際上是正中間的年紀最大。

「這就某方面來說……依照恐怖片的定例，回過神來的時候，兩側牽著手的人就會替換成別的東西……對不起。」

政近輕聲吐槽的剎那，瑪利亞像是不敢置信般目不轉睛看過來，所以政近立刻為失言道歉。

不過，瑪利亞突然露出驚覺不對的表情，猛然轉頭看向艾莉莎，然後一副提心吊膽的樣子發問。

「艾莉……？妳是真的艾莉對吧？」

「是啊。不要動不動就把政近同學的玩笑話當真。」

艾莉莎打從心底傻眼般回應之後，瑪利亞突然以俄語搭話。

【那麼，妳自己身上最顯眼的痣在哪裡？】

【……這是什麼問題？】

【有什麼關係啦，反正久世學弟聽不懂。】

不，政近聽得懂，完全聽得懂……不過艾莉莎瞥向政近，然後別過頭輕聲回答。

【……右大腿的內側。】

（……喔。）

不，所以這又怎樣？真要說的話，只不過是「原來艾莉身上也有痣啊……」這種程度的事。然而……政近眼睛忍不住就不經意看向艾莉莎藏在裙底的大腿，同時回想起白天在體育倉庫的那一幕，心想「咦，有痣嗎？」試著在腦中驗證。

「嗯！是真正的艾莉！」

不過，瑪利亞這麼說完突然面向這裡，所以政近連忙抬起視線。老實說他沒自信來得及……但是瑪利亞看起來沒特別在意，發出「唔～～」的聲音歪過腦袋。

「那麼，久世學弟……久世學弟的話…………」

就這麼思考數秒之後，瑪利亞露出像是大受打擊的表情，伸手摀嘴。

「怎……怎麼辦！我想不到分辨久世學弟真假的問題！」

「啊啊……嗯。」

「艾莉呢？妳想得到什麼好問題嗎？」

「咦咦……？」

艾莉莎嫌煩般板起臉，不過看到瑪利亞過於拚命的模樣，她稍微環視四周，然後忽然露出想到什麼般的表情，嘴角浮現壞心眼的笑容看向政近。

「那麼……你要求和我成為選戰搭檔的時候，具體來說究竟說了什麼，可以告訴我嗎？」

「這……這是什麼問題？」

「怎麼了？你是本人的話應該知道吧？」

艾莉莎明顯露出捉弄般的笑容，讓政近的臉頰大幅抽動。

（啊啊，我下意識記得喔……記得我說過超級難為情的話！要我在這裡重現那段話是吧！）

艾莉莎以確認本人為藉口要求進行羞恥遊戲，政近原本想要求變更問題……但是看見瑪利亞莫名含淚悄悄拉開距離，政近就沒多說了。看到這種「咦，不是吧？這是在騙我吧？」般的央求眼神，就會出自本能想要為她做點事。

（唉……嘖，就做好心理準備吧。）

這種事如果害羞就輸了。如果說得光明正大，反而能讓對方感到不好意思。

（是妳叫我說的……所以別後悔啊？看我的！）

政近下定決心，清了清喉嚨裝出正經表情，然後從正面注視艾莉莎開口。

「我當時說『不會讓妳孤單一人，從今以後我會扶持妳』對吧？」

「……是『再也不會讓妳孤單一人』，『從今以後，我會在妳身旁扶持妳』。」

「咦，啊，好的。」

以帥氣表情說完，卻被艾莉莎以有點不滿意的表情訂正，政近隨即正色應聲，然後在下一瞬間被強烈的害羞心情襲擊而急遽臉紅。

（唔，咦？真的？咦，這傢伙為什麼正確記得每字每句？這可不只是害羞的程度啊？）

自己的黑歷史語錄被艾莉莎正確記住的事實，以及艾莉莎如此重視這份記憶深刻在腦中的事實，使得政近在內心抱頭打滾。

「你……你幹嘛突然臉紅啦……」

艾莉莎瞪過來般這麼說，不過似乎慢政近半拍被害羞心情襲擊，艾莉莎自己的臉頰也完全變紅。大概是自覺這一點，艾莉莎早早移開視線，像是掩飾般看向瑪利亞。

「好了，既然確定政近同學也是本人……我們走吧。」

艾莉莎掛著若無其事的表情冷淡這麼說……不過瑪利亞和剛才截然不同，露出柔和的笑容歪過腦袋。

「艾莉真可愛。」

「呃……啊？什麼可愛？」

「嗯嗯，很青春耶～～……啊，對了，不然這樣吧？」

瑪利亞說完，把自己雙手所握政近與艾莉莎的手拉近，半強迫牽起來。

「好了。彼此感情這麼好，就牽手一起走吧？」

「為什麼啊！」

「不，總覺得話題是不是變了？」

兩人齊聲吐槽，並且迅速鬆手。

瑪利亞隨即露出軟綿綿的笑容，稍微下垂眉角。

「真是的～～你們兩個都這麼害臊……」

「不，我聽不懂妳的意思。」

「說起來，剛才是瑪夏小姐在害怕才說到要牽手吧？」

「是啊～～？所以，你們兩人牽手吧？」

「不好意思，我完全聽不懂『所以』的意思。」

「連接詞要正確使用好嗎？」

瑪利亞完全省略最重要的理由部分，遭受兩人的指摘。不過瑪利亞反而露出不滿般的表情，快步繞到政近另一側握住他的左手。

「真是的，既然這麼說，那我就要和久世學弟牽手哦？」

「不，就說了為什麼變成這樣？」

「沒……沒辦法溝通……」

政近驚聲發問，艾莉莎頭痛般按住額頭。不過在看見瑪利亞握住政近左手後，不知為何得意洋洋的模樣，兩人同時放棄理解，只以有點疲憊的視線對看，並很有默契地重新牽手。

「嗯，那就出發吧～～！」

瑪利亞見狀滿意點頭，愉快地筆直指向前方……右手依然握著政近的手。

「……」

一瞬間，艾莉莎睜大單邊眼睛，以「這邊都牽手了，妳怎麼不鬆手！」的半賭氣眼神看向瑪利亞。但她立刻明白這是白費力氣，嘆口氣面向前方。

「那麼，出發吧……快點結束吧。」

「好～～……」

政近同樣進入死心的境地，看向遠方踏出腳步。

右手握著有點冰涼又細嫩的艾莉莎的手，左手握著溫暖又柔軟的瑪利亞的手。

（嗯？這是怎樣，後宮嗎？哇～～左擁右抱耶～～我人生的春天來了～～）

政近在腦中說著這種蠢話的同時，內心相當緊張。雖然和艾莉莎牽過幾次手，次數卻屈指可數，和瑪利亞則是第一次。同時牽著兩人的現在，政近不知道該怎麼做。手臂該擺動嗎？有沒有流手汗？走路速度這樣可以嗎？不，說起來這樣的牽手方式是對的嗎？政近非常在意各種細節，變得渾身不自在。

（這……這是那種狀況……是最好快點辦完事情的狀況。）

夾在莫名愉快的瑪利亞與相對來說不太高興的艾莉莎中間，政近決定早點結束調查工作。結果就是……

「美術室！無異常！下一站！」

「校舍後方的櫻樹！沒開花！下一站！」

「不會太隨便嗎？」

政近大致掃視不到十秒就做結論，艾莉莎終究也吐槽了。但政近看來不以為意，裝出正經表情聳肩。

「這次的調查原本就是為了確認沒有異常，所以簡單就好吧？反正也確實拍照存證了。」

「這……是沒錯啦……」

基於天生的認真個性，艾莉莎有點無法接受，不滿般結巴回應。但她瞥向隔著政近位於另一側的瑪利亞，從不滿改為嘆氣。

「瑪夏……差不多別再害怕了啦。」

「咦，就……就算妳這麼說～～」

聽到艾莉莎的不講理要求，瑪利亞發出可憐的聲音縮起肩膀。然後她膽戰心驚環視終於變暗的周圍，輕輕靠向政近。艾莉莎不悅皺眉。

「因為，接下來要調查的……真的超恐怖。要我別害怕根本不可能啦～～」

大概是連說明詳細內容都不敢，瑪利亞含糊其詞，身體更加靠近政近……然後緊貼了。她的右手就這麼抓著政近左手，左手用力抓住政近前臂。兩人手臂自然完全緊貼，政近的手肘抵到瑪利亞的胸部。政近的表情放空了。艾莉莎的眉頭深鎖了。

「……快點走吧。」

艾莉莎帶著不耐煩的心情這麼說，然後在大步前進的同時用力拉政近的手。即使如此，瑪利亞依然緊貼著政近的右手臂不放，隔著肩膀確認這一幕的艾莉莎，眉心的皺紋愈來愈深。就這麼以粗魯的腳步回到校舍之後，艾莉莎用力踩在走廊前進。

「呃，喂，稍微走慢一點……」

「怎麼了？要逛主校舍一圈對吧？早點走完不是比較好嗎？」

「哎，是沒錯啦……」

看著前方趕路的艾莉莎令政近覺得不太對勁，戰戰兢兢發問。

「……總覺得，妳是不是在勉強？」

「……」

聽到這句話，政近手中艾莉莎的手輕輕一顫。不過艾莉莎依然沒回頭，瑪利亞對此輕聲低語。

「因為艾莉是愛逞強的孩子……」

「咦，什麼？妳果然在害怕嗎？」

「……沒有啊？」

艾莉莎以若無其事般的聲音回應，卻還是沒轉過身來。而且走路速度不知何時變慢了。政近追上去和她並肩前進，她隨即像是隱藏表情般撇頭看向側邊。

「……妳害怕恐怖的東西嗎？去年準備校慶那天玩試膽遊戲的時候，記得妳看起來面不改色……」

「就說了，我沒在害怕……」

艾莉莎就這麼別過頭頑固否定，瑪利亞卻在這時候再度說明。

「艾莉她啊～～如果只是單純的驚嚇就不會怕，但是聽過故事就不行了～～」

「啊啊……原來如此。妳是會擅自想像然後害怕的類型嗎？」

政近發出像是可以信服的聲音之後，艾莉莎狠狠瞪了瑪利亞一眼，立刻再度撇過頭去。這個淺顯易懂的反應，使得政近心想「既然是這樣就沒辦法了」露出苦笑。

之所以這麼說，是因為在七大不可思議之中，只有這項〈紅色女學生〉明顯比其他項目更像是真實發生的鬼故事。真的像是知名的裂嘴女或是半身女鬼那樣，存在著詳細的目擊情報。

據說這名女學生會出現在放學後的主校舍。制服是征嶺學園的款式，蝴蝶結是綠色。擁有及腰的黑色長髮，身體一定有某處流血，所以被稱為〈紅色女學生〉。

如果遇到她，也千萬不能擔心她的傷而搭話或是攙扶。一旦這麼做，女學生便會說：「謝謝，我沒事了。」前往無人知道的某處，而且聽到這句話的人，會在數天內和女學生在相同部位受傷。是的，就像是〈紅色女學生〉的傷就這麼完整轉移過來……

（該怎麼說，只是受傷並不會死掉，這部分莫名寫實……加上時間是數天內，也增加了不確定的要素……）

而且，雖然不知道是真是假，但是在遇到的時候也有對策。

首先是絕對不能接近，然後就是要迅速離開校舍。至於和一般學生的辨別方式，除了剛才列舉的特徵，另一個特徵是人體感應器不會起反應，所以如果看見女學生佇立在陰暗的走廊就要注意……這就是對策。

（哎，關於這方面，老實說感覺明顯是後來追加的……不過畢竟實際出現了受害者……）

統也提到的受害者情報有兩件。第一件是去年十一月，田徑社的男學生遇到右腳受傷的〈紅色女學生〉，三天後阿基里斯腱受傷斷裂。

第二件是今年六月，管樂社副社長遇到制服腹部滲血的〈紅色女學生〉，五天後因為盲腸炎而住院。這名副社長是擁有高人氣與人望的學生，因此傳聞一口氣擴散開來，意外成為七大不可思議風潮的導火線。

（換句話說，這個〈紅色女學生〉正是這所學校七大不可思議的起源以及頂點。啊，這麼想就覺得好像挺帥氣的。）

政近因為這個廚二病的發想而竊笑。不同於九条姊妹，他的態度相當從容，不過這單純是因為政近不相信這個鬼故事。

田徑社社員的阿基里斯腱斷裂不算稀奇，關於盲腸則感覺完全是牽強附會。說起來，兩者都沒有伴隨出血症狀，要解釋成「紅色女學生的傷轉移過來」太勉強了。

（說真的，如果受的是刺傷或割傷，可信度還比較高……）

政近簡單扼要向兩人說明自己的見解，然後聳肩看向瑪利亞。

「說起來，至今的七大不可思議也全都是謠言，傳聞中的女性啜泣聲到頭來也沒聽到吧？」

「唔，嗯……哎，也對。」

如政近所說，關於白天瑪利亞等三人調查的〈社辦大樓的啜泣聲〉，即使巡邏快一個小時，結果也沒聽到類似的聲音。當時逼不得已，只能認定真面目是稍微打開窗戶讓風吹進來的「咻嗚——」的聲音，就此得出結論……應該說硬拗出這個結論。無論如何，至今的六項不可思議，清楚查明真相的只有體育倉庫的貓，除此之外都是謠言，這是目前的調查結果。這麼一來，這個最後的鬼故事也很可能是學生的創作。

「七大不可思議終究是這麼回事喔。只不過是學生經歷到有點神奇的事件時，打趣說得加油添醋罷了。」

看著政近像是絲毫不覺得害怕，反倒是有點嘲笑般這麼斷言，兩人的恐懼似乎也多少沖淡了，瑪利亞稍微離開政近，緩慢地微微點頭。

「嗯……聽你這麼說，就覺得確實沒錯……」

「對吧？說起來，登場的是女學生就很老套吧？為什麼在這種都市傳說出現的大多是女生？像是花子、裂嘴女、半身女鬼、八尺大人……說不定出現一個油膩的禿頭大叔，反倒比較創新又有可信度。」

「這種情形正常來說應該報警吧？」

「是啊。」

一臉正經的政近說完被艾莉莎吐槽，三人之間稍微發出笑聲。瑪利亞也稍微放鬆表情，稍微做出思考的舉動。

「可是可是，記得如果是老爺爺的妖怪就真的有吧？我想想……是脫屑爺爺？」

「不，妳說的是子泣爺爺。聽起來和舔垢怪是絕配的這個妖怪是怎樣？」

「這個，可能比油膩更討人厭……」

瑪利亞少根筋的搞笑，使得三人之間洋溢的緊張感完全消除。聊到這裡回過神來才發現，從一樓開始的探索已經來到三樓走廊正中央。在鬆弛的氣氛中，三人隨意檢視教室內部，沿著走廊前進——

「……嗯？」

即將走到邊間教室的時候，政近的褲子口袋變得有點溫熱。就像是放了一個不合時節的暖暖包。

「怎麼了？」

「沒事……」

艾莉莎疑惑詢問，政近一邊含糊回應，一邊將手伸進口袋，然後拿出手指碰觸到的發熱源頭。

「哎呀？那是什麼？」

「沒有啦，是向更科學姊借的東西……不過感覺變熱了……」

這是為了以防萬一帶在身上，名字聽起來很威猛的黑色念珠。這串念珠在手心隱約蘊含熱度，就像是要通知某些事。

「等一下……別這樣啦。居然想嚇我們……好惡劣。」

「咦？不不不，我沒這個意思……總之，如果這是恐怖電影，就是怨靈正在接近的模式了……」

政近向不悅皺眉的艾莉莎辯解，半開玩笑這麼說之後……走廊數公尺前方的轉角處出現一隻手。

「咦——」

從轉角柔滑伸出來抓著牆面，莫名慘白的手。三人的視線被這隻手吸引。

「「「……」」」

在三人默默注視之下，抓著牆面的手指驟然使力。這一瞬間，政近直覺轉角另一側即將出現某種恐怖的東西。求生本能激烈敲響警鐘，要他立刻離開這裡，然而雙腿違反意志動彈不得。

艾莉莎與瑪利亞好像也一樣，兩人不知道是主動還是下意識地只緊緊抓住政近的手，待在原地連一步都動不了。

然後，從抓著牆面的手後方……「那個」終於緩緩出現了。綠色蝴蝶結的征嶺學園制服，黑色長髮。而且那頭長髮之間露出……染血的女生臉蛋。

「噫嗚！」

「咿……咿呀！」

艾莉莎與瑪利亞在兩側發出僵硬的哀號。老實說，政近也想尖叫。但是雙手感受到的兩人體溫以及頻頻傳來的顫抖，暫時讓政近的恐懼遠離。政近以冷靜到連自己都感到意外的腦袋，高速思考要如何克服當前的難關。

（三人一起逃走？不，先不提艾莉，我不覺得瑪夏小姐跑得動。不只如此還可能腿軟。說起來，這種光景會對瑪夏小姐留下心理創傷吧——那麼，這時候該……！）

政近瞬間做出決斷，他甩掉兩人的手，半露出笑容跑向前方現身的染血女學生。然後他鞭策顫抖的喉嚨，擠出開玩笑的聲音。

「慢著慢著慢著，等一下～～！太恐怖了啦！誰叫妳做到這種程度了？」

那是和現場緊張感不符，脫線的開朗聲音。政近感覺到這段話讓身後的兩人暫時擺脫恐懼。

政近的決斷……就是讓兩人以為這名〈紅色女學生〉是他設計的整人遊戲。他以像是「整人整得有點太過火了☆」的調調向前跑，緊握茅咲借他的念珠。必要的是受傷的心理準備，以及毫不猶豫動用暴力的決心。除此之外的情感都刻意排除在外。

（啊啊～～看來我可能會死掉。）

置身事外般掠過腦海的直覺。即使不會死掉，也完全不覺得能全身而退。政近基於本能知道那是「真的」。反觀自己手上只有不知道是否對其有效的念珠。這場勝負完全屈居劣勢。但是無路可退。

不管怎樣，現身的女學生偏偏是臉蛋受傷。如果鬼故事是真的，那麼艾莉莎與瑪利亞的臉蛋可能會受傷。要是她們兩人破相……身為她們的朋友，身為一個男人，政近絕對不容許這種結果。

（總之將她推到轉角後方，用這串念珠毆打……即使這麼做沒能解除危機，會因為〈紅色女學生〉而受害的也只有搭話的當事人。而且效果是在數天後產生。那麼假設真的受傷，在暑假期間也可以勉強掩飾。）

到時候或許無法參加集訓就是了。不過，只要能保護兩人的身心就好。

（所以……就由我來奉陪吧！）

然後，終於要進入攻擊間距的時候，政近為了決定攻擊的部位，看向女學生的身體……忽然察覺某些事不對勁。

（嗯？側腹也流血……嗯嗯？仔細看就發現腳也受傷，右手也好像……慢著。）

受的傷不會太多嗎？

這個疑問掠過腦海的剎那，轉角後方新伸出一隻手，從背後一把抓住女學生的脖子。然後，這隻手的主人掛著厭惡表情現身。

「終於抓到了……喔，久世學弟？」

「唔，咦？」

出現的是我們原本不可能在這裡的副會長。出乎預料的人物登場，使得政近不由得當場停下腳步。

「啊，瑪夏與艾莉學妹也在。辛苦了～」

「咦，啊，嗯？」

「辛……辛苦了？」

九条姊妹也是，面對接連發生的意外事態，她們像是不知道該如何反應般結巴回應。不過茅咲看起來對此不太在意，以一如往常的態度說下去。

「我總覺得很擔心，加上會議提早結束，就稍微過來看看……哎，總之這傢伙可以交給我處理嗎？這次我可不會放過。」

茅咲說著瞪向女學生，女學生身體隨即抖了一下。她染血的眼睛看向政近，隨著沙啞的聲音伸出手。

「救……救命——」

然而，女學生就這麼被茅咲慢慢拖走，消失在轉角的另一頭。

「適……適可而止啊～～」

政近不經意有所顧慮般出聲提醒……然後大幅歪過腦袋。

（那個……怎麼回事？咦？難道說，並不是真的怪異……只是非法入侵之後被更科學姊痛毆的學生？不，怎麼想都是這個解釋比較實際……那位更科學姊會對女學生動粗？這個疑問就先放到一旁。）

也可能是政近沒參與的惡質整人遊戲。假扮成〈紅色女學生〉想嚇唬某人的失禮傢伙……如果這麼想，就可以推測對方在臉上塗抹像是血的液體是為了隱藏身分。

（嗯，開始覺得是這麼回事了。什麼嘛～～原來只是我一時心急誤會了嗎～～搶先把事情搞得這麼嚴肅超丟臉的～～哈哈哈！）

剛才茅咲左拳包裹符咒當成臨時拳套的事實，政近全力當成沒看見，做出這個結論。然後在政近搔抓腦袋想掩飾害羞心情的時候……兩隻手從背後緊抓住他的肩膀。

「政近同學……這是怎麼回事？」

「久世學弟～～？可以說明一下嗎？」

背後傳來冰冷徹骨的聲音。慢慢轉頭隔著肩膀一看，位於後方的是掛著淺淺笑容但是眼睛完全沒笑的艾莉莎，以及臉上笑容甜到不自然的瑪利亞。真要說的話比剛才的女學生恐怖得多。

「啊，不，那個……為，為了嚇嚇妳們，所以我準備了整人遊戲？但因為稍～～微做得太過火，所以接受更科學姊的教育指導……像是這樣？」

說出的話語收不回來，政近不得已只好勉強進行合理的說明。頓時，艾莉莎輕輕眯細雙眼，瑪利亞加深笑容。順帶一提，政近肩膀上的兩人手指用力陷進皮肉了。

「呃，那麼那個，為了避免更科學姊下手太重，我稍微去打個圓場……」

即使政近這麼告知，兩人也沒有放鬆拘束。後來政近被說教說得好慘。明明完全是揹黑鍋。

（呵，總之算了……男子氣概不會要求回報……）

政近在兩人面前正坐，抬頭看向窗外遠處。在夜空閃耀的夏季大三角。居然可以一邊正坐，一邊和美少女姊妹一起欣賞這麼美麗的星座，看來今天——

「等一下，政近同學！你有在聽嗎？」

「久世學弟，你要好好反省！」

「……是。」

……應該是凶日。逃避現實不是好事。

後來，利用學生會的人脈將七大不可思議的調查結果傳開之後，校內的七大不可思議風潮不到一週就退燒了。

關於話題最熱烈的〈紅色女學生〉鬼故事，是以一半以上的開玩笑心態說明「由更科副會長收拾掉了」……不過學生們大多平心接受。

「這方面更像是七大不可思議吧？」

「沒錯。」

看見這樣的始末，據說有一對兄妹輕聲說出這種感想。

第8話 美女與笨重

「我我我我喜歡妳！請……請請請和……和……和我交往！」

聽到這段走音又結巴的表白（？），茅咲首先抱持的是「這傢伙在說什麼？」這種感想。

「……」

場所是征嶺學園高中部的風紀委員會室。坐在椅子上的茅咲，向後靠在椅背雙手抱胸，目不轉睛注視眼前的男生。

乍看的印象感覺是典型的家裡蹲阿宅。又高又寬，看起來笨重的巨大身軀。感覺鮮少整理的蓬亂頭髮，青春痘很顯眼的大叔臉。黑框眼鏡後方的雙眼靜不下來，視線游移飄忽不定，加上他駝著背，態度看起來非常恐懼不安。

（總覺得看過這傢伙……肯定沒說過話就是了。）

看領帶顏色就知道是同年級，記得也在國中部看過他。就算這麼說，彼此卻從來沒編在同一班，肯定也不曾交談。然而，這名男生為什麼突然來到風紀委員會室，甚至做出表白的舉動？

（……難道說，是那個？所謂的懲罰遊戲？霸凌？）

現在剛好是進入新學年經過一個月左右的時期。是班上開始分成小團體，確立教室內階級金字塔的時期。這麼做的結果，成為霸凌對象的這名……雖然很失禮，不過看起來很像是階級底層的這名男生，基於懲罰遊戲之類的原因，前來向魔鬼風紀委員表白……大概是這麼回事吧。

（又～～是霸凌嗎……我還以為在國中部已經大致肅清了。）

不過，也有外部學生是從高中部入學，或許是受到這方面的影響。茅咲一邊思考這種事，一邊直接詢問眼前的男生。

「……是什麼懲罰遊戲嗎？如果是霸凌之類的可以找我談啊？」

「咦……」

聽到茅咲這麼說，眼前的男生瞬間張嘴愣住……接著大幅搖頭。

「這這……這是誤會！不……不是那……那樣，我是，真心的……」

「……啊？」

這次真的聽不懂了，茅咲眯細眼睛。茅咲理解自己一般來說被男生怎麼看待。這種事只要聆聽周圍的傳聞很快就會知道。

人稱「風紀委員會室的魔鬼中士」。人稱「征嶺學園的女首領」。男生對她抱持的情感大多是畏懼，茅咲自己也滿足於這種現狀。與其被男生瞧不起，被男生害怕簡直好上一萬倍。正因為她這麼想，所以有男生對她抱持好感，只會令她覺得匪夷所思。

如果是從高中部入學的外部學生還可以理解。茅咲明白自己的容貌非常出色，所以即使有人只看長相就表白也不奇怪。然而，眼前這名男生是國中直升組。

「你……叫什麼名字？」

「咦，啊，我叫劍崎……劍崎，統也。」

「啊，是喔……那麼劍崎，你說你喜歡我哪一點？」

「呃，那個……」

茅咲以冰冷眼神發問，統也縮起脖子更加駝背並且回答。

「很強，很英勇，很帥氣……但也確實有著女孩子的一面。正直面對自己的心，光明正大活在世間的模樣，令我深深被妳吸引。」

「唔，啊，是喔……」

過於誠實又直接的好感，使得茅咲冷不防驚慌失措。其實對於茅咲來說，她是第一次被異性這麼率直表現好感。

當然，她至今並不是沒接受過表白。不過大致上都是「妳沒男友吧？要我和妳交往也行哦？」或是「我喜歡倔強的女生耶？當我的女人吧？」這種高姿態的表白。總是想要把茅咲納入掌控。對於有這種誤解的男生們，茅咲當然全都分成可燃與不可燃再讓他們學習自知之明，不過這件事暫且不提。

總之，意外收到如此率直的心意……茅咲大意亂了陣腳。

「咳咳！」

然後，茅咲像是要掩飾這樣的自己一般清了清喉嚨，刻意從容不迫地裝出毫不在意的模樣。

「哎，我明白你的心意了……但是我完全不認識你這個人啊？」

「啊，這……這是當然的……所以，首先那個，就從朋友做起……請問妳意下如何？」

突然間，統也愈說愈小聲，身體也縮得更小。這種看似卑微的態度，戰戰兢兢的舉止……有著昔日自己的影子，使得茅咲莫名不耐煩，像是滿不在乎般開口。

「我啊，基本上討厭不把話說清楚的男生。」

「咦，這……樣啊。」

「還有，我也討厭忸忸怩怩的男生，討厭軟弱的男生。應該說只要是男生我大多討厭，所以不可能交男友。」

「這……這部分麻煩通融一下……」

即使刻意狠心嫌棄，戰戰兢兢的統也依然緊咬著不肯退讓，茅咲對此感到意外。而且，統也從眼鏡後方筆直看過來的雙眼，再度令她稍微亂了方寸……為了隱瞞這樣的自己，茅咲迅速別過頭，揮手發出噓聲開口。

「既然這樣，你可以成為更帥氣的男生之後重新來過嗎？我想想……真的比方說成為學生會長之類的？等你當上學生會長，我就考慮一下。」

「學……學生會長？」

「什麼？做不到嗎？」

嘴裡這麼說的茅咲自己，非常清楚這個條件是辦不到的難題。在這所學校，學生會長這個地位擁有大得驚人的價值。因此覬覦這個地位的人不曾少過，突然出現的普通學生別說登記參選，明顯連選舉都沾不上邊就會被打垮。

然而這不成問題。雖然只是靈機一動脫口而出的條件，不過當成讓他放棄的藉口並不差。茅咲是這麼想的。

「……我知道了。」

「啊？」

「那麼，我會重新來過。」

統也以不同於剛才的明確語氣留下這句話，迅速低頭致意之後離開房間。茅咲掛著錯愕表情目送他的背影⋯⋯

「咦，他是認真的？」

茅咲半下意識地輕聲說完，心想「不，這怎麼可能」搖了搖頭。

（只是察覺我無意聽從，隨口敷衍之後打退堂鼓吧。）

茅咲如此說服自己，努力從記憶裡消除剛才的闖入者。沒察覺在她努力這麼做的時間點，其實就某方面來說已經意識到對方。

◇

後來經過約一個月。

（那個男生，真的變得音訊全無了⋯⋯明明說過喜歡我。不，我沒差就是了！）

茅咲這段自我吐槽在腦中炸裂，懷著有點煩悶的心情巡視校內。此時，她聽見附近的美術室傳來男女的偷笑聲，輕輕嘆氣。即使在許多富裕階級子女就讀的這種名門學校，也經常會有這種人。在放學後躲進社辦或是無人教室享受幽會的學生。

不過，在校內進行不純異性交遊是違反校規的行為。即使只是親吻的程度，要是被老師發現將會吃不完兜著走。

（真是的，不要刻意在學校卿卿我我啦！）

茅咲一邊在內心抱怨，一邊舉起手上的竹劍朝著走廊往下揮。

「啪！」的犀利聲音在走廊響起，從美術室傳來的男女聲音驟然停止。

「差不多快到關門時間了喔！」

茅咲大聲喊完就立刻離開現場。取締不純異性交遊原本也是風紀委員的工作，但是用不著刻意入內警告。如果對方就此乖乖回家就好，如果不回家，接下來的後果要自己承擔。假設被老師發現，也沒有茅咲介入的餘地。

「真的很無聊。」

這所學校的畢業生與學生的監護人，大多是代表日本的政治家或實業家。要是在他們注目的這所學校遭受停學處分，未來將會一片漆黑。並不是誇大其詞，通往國內一流企業的道路，堪稱在這個時間點就會封閉。

無法理解為什麼有人不惜冒著這種風險，也要委身於一時的激情。一旦被戀愛沖昏頭，人們就會變得如此愚笨嗎？茅咲如此心想，不經意看向窗外……

「嗯……？那是……」

站在校門附近身穿運動服的雙人組，使得茅咲瞇細雙眼。她接近窗邊注視數秒，認出兩人無疑是學生會長與副會長。

「咦？他們在做什麼？」

這兩人並肩站在校門外，似乎朝著茅咲所見左手邊的方向揮手喊話。身為學生會幹部的他們，在放學後留在學校並非不自然的行為。不過穿著運動服站在校門附近就另當別論。茅咲有點困惑地觀望事態發展，在她的視線前方，兩人喊話的人物現身了。

「咦……？」

遠看也像是精疲力盡般慢慢跑回來的人，是茅咲剛才腦中浮現的那名男生。總覺得身體輪廓變得有點精壯，但那個巨大身軀與駝背肯定沒錯。他雙手撐在膝蓋以全身呼吸，兩名學長像是慰勞般拍打他的背。

「……」

那名男生為什麼和學生會的兩人在一起？答案很明顯。因為那名男生也是學生會幹部。也就是說……

「他真的……想要競選？」

聽到自己忍不住脫口而出的這句話，茅咲立刻搖頭。即使真是如此又怎樣？當場靈機一動隨便編出來的那種拒絕話語，當真的人比較有問題。

（那算是客套話之類的吧？當真的人才奇怪……我可沒什麼錯。）
沒錯。雖然沒什麼錯……不過稍微關心一下或許也沒關係。
從些許愧疚冒出這種想法之後，茅咲回到一樓到自動販賣機買運動飲料，決定在校舍玄關等統也。然而……
「劍崎的體能也鍛鍊得很不錯了。」
「嗯嗯，最近肌肉是不是也比較不會痠痛了？」
「說得也是……和一個月前相比的話。」
兩人分的聲音和統也的聲音一起傳來，茅咲連忙躲到鞋櫃暗處。不，冷靜想想就覺得不必躲起來……不過宣稱討厭男生的自己卻主動向男生搭話，這樣相當難為情，應該說很難說明原委……
（既然變成這樣……只能上了。）
茅咲苦惱之後下定決心，將竹劍與運動飲料放在原地，然後襲擊剛換好鞋子站上走廊的會長與副會長。
「咦——」
「怎——」
偷襲瞬間剝奪兩人的意識之後，輕輕讓他們靠坐在鞋櫃旁。

「哎呀？學長？學——」

此時，背後傳來統也的聲音，茅咲轉身之後剛好和他四目相對。

「咦，更科同學？為什麼……慢著，會長與副會長怎麼了？」

在茅咲身後癱軟靠坐在鞋櫃旁的兩人，使得統也驚訝瞪大雙眼。但是茅咲沒有餘力理會這種事，她故做鎮靜起身，一臉正經拿起運動飲料。

「好久不見。」

「咦？啊啊是的……好久不見。可是那個，會長與副會長……」

「既然和這兩人在一起，你加入學生會了？」

「算，算是吧……所以，那個，他們兩位，現在是……」

「是喔？加入學生會是吧……」

「真，真是始終如一……太強了……好喜歡妳。」

「呃，啥？」

「啊，不，忍不住就……」

突然的表白引得茅咲尖叫出聲，統也也一副慌張的樣子東張西望。看到他做出這種反應，茅咲也不能大喊「不准逗我！」發脾氣，狠狠瞪了統也一眼之後，像是不想理會般抬起下巴。

「你該不會把我上次說的話當真？話說在前面，那是為了趕走你而臨時想到的條件。所以如果你魯莽想要成為學生會長，還是省省力氣吧？」

茅咲想趁著這個機會說清楚，刻意以傲慢態度如此放話……但是統也對此回應的話語出乎她的意料。

「啊，啊啊……不，總之，我早就隱約有這種感覺……」

「咦……」

統也搔了搔臉頰，像是為難般笑著這麼說，使得茅咲一陣錯愕。統也沒看向這樣的茅咲，慢慢說下去。

「總之那個……當然，我還是抱持一些非分之想，希望藉此讓妳意識到我……但是即使不提這個，我也覺得這是個好機會。那個，讓自己……改變的機會。」

「……改變？」

「總……總之，我也自覺現在的自己缺乏男性魅力……所以該說我自己一直覺得不可以這樣下去嗎……」

「……可是，你還是向我表白？」

「唔！不，那個……對於女性，最好儘早表明自己的好感……我稍微聽過這樣的說法……」

「……這麼做的前提，應該是在這個時間點已經建立某種程度的關係吧？」

「果……果然是這樣嗎……」

統也說著開始縮起肩膀……卻猛然挺直身體，然後以頻頻晃動的雙眼筆直注視茅咲，以稍微發抖的聲音清楚告知。

「但是，我不後悔。因為我像這樣獲得了改變自己的契機！所以那個，應該說更科同學不必為此感到苦惱嗎……」

統也突然愈說愈小聲，移開視線。被這句話說到痛處的茅咲睜大雙眼。

「呃，啥？說什麼苦惱，沒那回事！我只是以為你把我隨便說的話當真，稍微搭話問一下罷了！」

「咦，換句話說不就是在苦惱嗎——」

「啊～～？不准得寸進尺！我不可能在意男生的事情吧！來，這個，因為是多的所以送你！再見！」

茅咲迅速說了一長串，把手上的運動飲料塞給統也，然後抓起竹劍跑離現場。

「啊，那個，學生會長與副會長……等等妳跑好快——」

像是要甩掉統也的聲音，茅咲向前跑。懷著凌亂的心奔跑。

（啥？苦惱？完全不是那樣！既然你這麼說，那我賭上這口氣也不會理你！無論你在哪裡做什麼，我都絕對不會理你！）

就像是倔強的孩子，茅咲在內心如此發誓。後來茅咲遵守這個誓言，即使賭氣也努力不和統也接觸。

「茅咲～～這週的巡邏，我們負責操場那邊喔——」

「我要找負責校舍的人和我換。」

「咦？」

「更科，方便借點時間嗎？」

放學後，統也會在校外練跑。茅咲徹底避免在那裡撞見。

「什麼事？」

「啊啊，打招呼運動強化期間的海報幫我貼——」

「這件事請找別人。」

「咦……啊啊，這樣嗎？」

茅咲搶話般冷淡拒絕，風紀委員長露出吃驚表情。不過這也沒辦法。因為最近告示板張貼了將統也事蹟整理成小小專欄的校內新聞。

就像這樣，即使絕對不讓統也的事情映入眼簾……還是有一些事件無法迴避。

「那麼接下來，由學生會會計的劍崎統也致詞。」

第一學期結業典禮的學生會幹部致詞。被點名的熟悉名字，使得茅咲反射性地要從舞台移開視線……從舞台側邊走出來的人影，令她不由得睜大雙眼。

「大家好，在下是學生會會計劍崎統也。」

判若兩人就是這麼回事吧。相較於一個半月前，體型明顯不同。雖然覺得還有點肥胖，但是笨重的印象消失，威風凜凜打直背脊前進的模樣，甚至不經意令人感覺到威嚴氣息。

茅咲不禁忘記移開視線，目不轉睛注視這個站上講台的身影。在這一瞬間，統也筆直看向茅咲的雙眼回應。不是多心。統也說出的話語證明了這一點。

「在下打算參選明年的學生會長，卻還沒有一起搭檔的副會長參選人。但是，在下有一位想要搭檔的對象。不，在下不考慮和這個人以外的任何人搭檔！」

統也的這段宣言，使得茅咲內心極度不知所措。同時周圍的學生們……尤其是男生們，將氣氛吵得異常火熱。

「在下……更正，我！為了讓這個人答應和我搭檔，我會全力以赴！」

這是什麼宣言？

無視於以有點錯愕的腦袋如此心想的茅咲，周圍向台上的統也報以掌聲。茅咲跟著拍了兩三次手……然後連忙放下手。她知道臉頰突然發燙。這是剛才反射性地拍手造成的？還是某個其他的因素造成的……這時候的茅咲無從判斷。

◇

然後，暑假結束的開學典禮隔天。統也和昔日那天一樣造訪風紀委員會室，茅咲完全吃了一驚。

「更科同學！拜託，請和我一起出馬參選會長！」

說完之後低頭的統也，已經和四個月前的他截然不同。覆蓋全身的多餘脂肪完全消失，取而代之的是結實的肌肉。頭髮也修剪整齊，筆直注視這裡的眼睛隱含自信。

「啊，呃……」

他的變化使得茅咲不禁語塞，一度清了清喉嚨，然後逞強瞪向統也。

「……為什麼？記得我原本說的是要你成為學生會長吧？要是我和你一起參選，不就變成在幫你嗎？」

「這我當然知道。可是，我無法想像我的搭檔是妳以外的任何人！」

「喔，唔……」

聽到過於直接的這段話，茅咲忍不住移開視線。此時統也乘勝追擊。

「當然，即使藉由妳的助力當選，我也不會拿這件事當理由要求交往！不過……我已經不是忸忸怩怩的男生，也不是軟弱的男生。而且從今以後，我也會成長為能夠獲得妳認同的男人！可以請妳近距離看著我成長嗎？拜託！」

「嗚，嗚唔，唔……」

總覺得提出一個相當任性的要求，但是這份率直的態度，使得茅咲一時之間無法拒絕。等到回過神來的時候，嘴巴再度擅自說出奇妙的條件。

「你說自己不軟弱……這種事，光用看的看不出來吧？必須實際見證才行……這樣好了，如果你以劍道從我這裡拿下一勝，我就考慮。」

說出口之後，茅咲自己也覺得「我說這什麼話」。既然要拒絕，就不要附加什麼條件，正常拒絕不就好了？要是說出這種話，又會……

「……我知道了。放學後，我會造訪第二劍道場。」

正如預料，統也只沉默兩秒左右就如此宣布，然後低頭致意離開房間。茅咲一邊目送他的背影，一邊持續思考「為什麼沒拒絕？」悶悶不樂。

◇

「就是你吧！追求姊姊大人的不法之徒！」

「那個……」

放學後，造訪劍道場的統也完全露出驚慌失措的表情。只不過，他入內沒多久就被身穿劍道服的縱捲髮大小姐莫名其妙找碴，所以也在所難免。而且整齊並排在這名大小姐兩側的三名女學生擺出莫名像樣的站姿（不知為何是側身站著），完全是備戰已久的氣氛。

「妳……妳說的『姊姊大人』是？」

「居然睜眼說瞎話……說到『姊姊大人』，除了茅咲姊姊大人就沒有別人吧！」

「這……這樣啊……」

這名大小姐的魄力，使得統也像是被懾服般點頭。接著，只見大小姐輕撥縱捲髮並且開口。

「我知道你來這裡的理由……傲慢如你，是想要挑戰姊姊大人對吧！」

「真是的，沒有自知之明也要有個限度！」

「傷腦筋，居然瞧不起姊姊大人。」
「就算是男生，以為能輕易獲勝就大錯特錯哦？」
「不，我沒這麼想……話說，各位為什麼都站得有點斜？」
「這種事一點都不重要！如果想挑戰姊姊大人……」
大小姐說到這裡停頓，清脆打響手指。然後，右側看起來很活潑的雙馬尾少女挺胸大喊。
「新橋菖蒲！」
接著，更右側的中性造型女學生伸手遮住單邊眼睛開口。
「大守桔梗。」
再來是反方向的女生輕推眼鏡說。
「倉澤柊。」
在最後，位於中央的大小姐輕撥縱捲髮自報姓名。
「桐生院菫。你就先打倒我們四季姊妹再說吧！」
大小姐高聲告知的是非常光明正大的宣戰布告。感覺她背後隨時會轟隆一聲出現爆炸特效。聽到這段簡直是魔王軍四天王的自我介紹……統也後退一步，看向在四人後方頭痛般按著額頭的茅咲。

「那個，更科同學……這幾位有趣的小姐是？」

「……國中部時代，我隊上的先鋒、次鋒、中堅、副將。」

「……『姊姊大人』是？」

「不，這是誤會哦？完全沒有血緣關係或是結拜為姊妹哦？何況堇以生日來說比我年長，進一步來說，她只是配合周圍自稱『堇』，真正的名字是費歐蕾特（violet）——」

「不可以無視於我們直接向姊姊大人搭話！」

費……堇像是要擋住統也視線般探出身體，高聲這麼說。然後她再度打響手指，剛才自稱菖蒲的嬌小少女向前一步。

「如果想和姊姊大人交手，就先打倒我吧！」

「呃，咦咦……？」

統也困惑地以不穩定的聲音回應，低頭看向面前的少女。兩人的身高差距即使目測也超過三十公分。就算除去性別差距，感覺也實在無法好好比賽。

「哎，總之……既然要我打……」

即使如此，統也感覺這樣下去無法讓事情有所進展，所以決定上場。然而……

「哼！就只會耍嘴皮子！」

「呵，居然第一人就結束了……」

「期待落空。」

「哎呀～～原來只是一根木樁啊。」

被秒殺了。聽到開打號令的瞬間，對方的身影從視野消失……緊接著挨了一記像是掏挖喉頭的突刺，就此結束。

「咳咳，咯，嗚咳！」

「還……還好嗎——」

「姊姊大人！用不著同情！」

「不，可是終究——」

統也就這麼蹲著咳嗽，茅咲終究擔心起來想要跑過去……但是菫擋在她的面前，並且筆直注視她輕聲告知。

「（對於下定決心前來的男性，女性不能寄予同情。可憐對方等同於瞧不起對方的決心。）」

「！」

菫的話語點醒了茅咲。正當茅咲像這樣沒能行動的時候，統也自行起身，再度架起竹劍。

「咳咳……麻煩再一場！」

「喔，還想打？總之也好，反正我會打倒你無數次！」

正如這句宣言，接下來長達兩個小時，統也都被菖蒲打得落花流水。但是統也在這之後也不屈不撓，繼續前往劍道場挑戰四天王……應該說四季姊妹。就這樣，他確實從所有人手中拿下一勝……

「終於來到妳面前了，更科同學。」

統也挑戰茅咲的時候，已經是十月的事了。但就算這麼說，茅咲也沒理由放水。

「……我會重新來過。」

雖然和四季姊妹交戰而多少提升實力，接下卻持續著被茅咲打倒的每一天。茅咲在這段期間鮮少和統也對話，卻也沒有拒絕接受挑戰，一直默默地打倒統也。簡直是如果不像這樣把心沉入自己深處，某些不合己意的情感就會滿溢而出。

不過，某天忽然間……

（啊，考前打手腕的話……他說過課業方面也在努力……）

統也以手臂使力要攻擊茅咲的面罩，茅咲抓準一瞬間的破綻，要以竹劍打向統也毫無防備的手腕時……這個想法忽然掠過腦海。而且這一瞬間的猶豫使得雙手失常，茅咲的這一劍揮空。此時統也的竹劍立刻向下揮……

啪。

茅咲頭部竄過一股輕微的衝擊。很輕……若要判定得分實在過於輕微的衝擊。

「……啊？」

統也手下留情了。這個認知傳遍大腦的瞬間，茅咲壓抑至今的情感激烈爆發。

「啥～～～？」

茅咲發出屈辱與憤怒交加的聲音，一把抓住打在她面罩上的竹劍使勁搶走，然後扔向統也。

「這是什麼意思！」

她顯露怒意隔著鐵網面罩瞪向統也，統也隨即像是緊抱在懷裡般接住竹劍，發出慌張的聲音解釋。

「啊，不，抱歉！我知道手下留情很失禮，但是想到要用盡全力打向自己喜歡的女生，身體就擅自……」

「什……麼……！」

這番話使得茅咲語塞……將牙齒咬得軋軋作響，像是發洩各種情緒般大喊。

「啊啊～～真是的！算了！我犯規輸了！會長選舉？好，沒問題，我參選吧！」

「咦，啊……成，成功了！」

經過瞬間的困惑，統也像是孩子般高舉雙手。茅咲憤慨喘氣看著這幅光景時，擔任裁判的董搭話發問。

「姊姊大人，可以嗎？」

「……哎，無妨吧？」

因為戴著面罩，所以肯定很難看見臉，但是茅咲不經意別過頭去這麼說。

「反正終究只是一起參選？和交往什麼的是兩回事。」

迅速接著這麼說的茅咲，自己也知道這種說法是狡辯。

「成功啦啊啊啊唔喔喔喔喔——！」

統也就這麼穿著護具，像是在奧運拿下金牌般激烈擺出振臂姿勢。茅咲斜眼看著這樣的他，預料到在不久之後的將來，自己將會由衷希望統也當選……

◇

「然後呢？在那之後的統也同樣有夠帥……」

「唔，嗯，那太好了……」

場所是更科本家擁有的道場之一——大門技場。在觀眾席上，茅咲抓準機會向久違見面的表妹大談自己的戀愛故事。不過，擔任聽眾的表妹表情很僵硬。因為……

「那個……茅咲姊姊？話說妳那位帥氣的男友，正以現在進行式很可能會被打到沒命耶？」

「真是的～～妳在說什麼啊？當年打贏我的統也不可能這麼輕易敗北吧～～」

「不，雖說當年打贏，不過是茅咲姊姊犯規落敗吧……？而且現在這場比賽是空手格鬥。」

表妹擔心般投以視線的前方，統也在鬥技場中央明顯繃緊表情。在他的正前方，比統也更高大而且肌肉發達的男性，正以閃亮嗜血的眼神俯視統也。

「那個交戰對手，是很久以前茅咲姊姊狠狠甩掉的我們家門徒吧？總覺得他釋放非比尋常的殺氣。」

「是嗎？我不記得了。統也～～加油喔～～！」

茅咲隨口說出殘忍的事，並且純真地向統也歡呼加油。收到聲援的統也掛著僵硬的笑容舉起右手，使得正前方的交戰對手殺氣更加高漲。

「雖……雖說是業餘部門，外行人參加武鬥祭果然很勉強吧……欸，姊姊，現在阻止是不是比較好？」

「咦～～？可是，統也看起來想打啊？」

「聽到女友那樣聲援，身為男人當然不得不打吧？」

「是啊～～充滿男子氣概很帥吧～～～？」

「啊啊真是的妳這個花田腦！」

無視於表妹的擔心，見證人宣布比賽開始。至於結果……總之，統也倒下的時候是往前倒，在這裡就只說明這一點吧。此外，和統也交戰的對手，被賽後闖入的茅咲親手種植在鬥技場一角。

Иногда Аля внезапно кокетничает по-русски

第9話 溺愛與高傲

「催眠術對哥哥也有效嗎？」

這是暑假的某一天。有希坐在臥室床上，拿著催眠術的書，忽然輕聲這麼說。

書名是《所有人都學得會的催眠入門 ～你從今天起也是催眠術師！～》。是以前在學生會室內引發事件的問題書。發生那個悲劇事件之後，有希向哥哥政近承諾，會永久封印這本書記載的催眠術……然而這麼有趣的東西，有希可不會只因為失敗一次就放手。她自掏腰包買下這本書，後來拿綾乃當白老鼠嘗試各式各樣的催眠術……不過綾乃原本就是忠誠度ＭＡＸ，不必使用催眠術也是絕對服從，稱不上是合適的實驗樣本。有希心想「好想拿別人測試一下耶～～可是如果拿朋友測試，失敗的時候會很麻煩……」的時候，驟然想到的對象就是政近。

「欸，妳覺得呢？」

「喵嗚？」

聽到有希這麼問，將頭躺在有希大腿蜷縮身體的綾乃抬起頭。她以詫異眼神注視有希的臉，起身時遮住眼睛的瀏海，則是以輕輕握拳的右手撥了撥。

「啊啊……」

有希發出有氣無力的聲音，舉起雙手準備用力拍響……卻在這時候停止動作。然後有希目不轉睛注視在床上鴨子坐的綾乃，慢慢揉起她的胸部。

「唔，唔唔？這……稍微發育了？」

綾乃稍微歪過腦袋詫異俯視，有希完全無視於她的視線，以正經表情揉胸。

「喔，哦哦？喔～～捧起來挺有料的……」

有希將綾乃的胸部從下往上推，發出像是感到佩服的聲音。接下來，有希盡情享受綾乃的胸部長達數分鐘，然後滿足般拍響雙手。

接著，綾乃的動作瞬間停止。然後她慢慢眨眼，歪過腦袋。

「……成功了嗎？」

「嗯，把對方獸化的版本也毫無問題地成功了～～……所以，妳覺得這個對哥哥也管用嗎？」

「對政近大人嗎？……應該很難吧？」

明明被催眠術變成貓，綾乃卻像是不太在意般歪過腦袋。有希對此聳了聳肩。

「我想也是，畢竟一般都說催眠術師會取得催眠抗性……喔，差不多是小提琴課的時間了。」

有希說完從床上起身，開始準備上才藝課。綾乃一邊協助她，一邊像是下定某個決心般，將雙唇緊閉成一條線。

◇

數天後，有希準備要去久世家玩的時候，綾乃向她搭話。

「有希大人。」

「嗯？」

「關於催眠術那件事……在下為您準備了幾個可能幫得上忙的東西。」

「咦？催眠術……？……啊啊，要對哥哥使用的那個！妳特地準備了一些東西給我嗎？」

「是的。如果要對政近大人使用催眠術，在下認為需要一些道具輔助。」

「啊～～強化道具？確實沒錯耶～～」

「在下調查了各種資料……首先是這個。」

綾乃說到這裡，從女僕服口袋取出深粉紅色的蠟燭。

「據說這個精油蠟燭能讓對方放鬆精神，成為催眠術容易生效的狀態。」

「是在色情同人看過的玩意兒吧？」

「還有……這個。」

綾乃操作手機，遞給有希。只見畫面上顯示的是一顆大眼睛周圍環繞著液狀特效的詭異圖像。

「……這是什麼？」

「據說是催眠ＡＰＰ。」

「是在色情同人看過的玩意兒吧！」

有希重複相同的吐槽，綾乃接著取出的是……設計頗為粗獷的項圈。

「……這是什麼？」

「據說是讓對方戴上之後可以強迫服從的項圈。」

「是在異世界奇幻作品看過的玩意兒吧！話說，妳想讓哥哥戴上這種東西？」

「不，這是希望您為在下戴上……」

「不需要吧？」

「這樣……嗎……」

「喂，不要一臉遺憾好嗎？」

有希頭痛般按著額頭，看向這個莫名堅固的項圈。這個項圈安裝數顆五顏六色的能量石，釋放出不像是普通搞笑玩具的異常存在感。

「說起來……這種奇怪的東西是在哪裡取得的？」

「這是……那個，是上次出門買東西的時候，被戴著布帽的露天攤販叫住……明明沒特別說什麼要求，卻把這個拿給在下，還說不用錢……」

「哎呀？不是異世界奇幻，是現代靈異嗎？千萬別使用這個哦？因為依照這種進展，使用的人會發生各種事情毀滅，然後那個露天攤販會笑說『人類真愚蠢』。」

「這樣啊……？」

「咦，等一下。難道那個精油蠟燭也是嗎？」

「這是百圓商店買的。」

「真的假的？百圓商店什麼都有耶。」

「不過要兩百圓……」

「居然貴了一點？為什麼？」

吐槽一輪之後，有希察覺綾乃下意識有點消沉。

（啊……剛才話說得有點重嗎？明明是為了我去找的……）

有希在內心如此反省，稍微清了清喉嚨之後，看向蠟燭開口。

「哎，不過那個……我就試試看吧？那個蠟燭與ＡＰＰ……」

「啊！好的，請務必！」

「嗯，謝謝妳找了各種東西給我。」

「不，這種程度沒什麼大不了的。」

看到隨從頓時看起來很開心，有希輕聲發笑，心想「但我覺得串上繩子的五圓硬幣還比較有效……」暗自露出苦笑。

◇

「我在某段時期也是這麼認為的。」

如此低語的有希視線前方，是眼神空洞坐在床上的政近。昨晚，她說明「這是提升睡眠品質的精油」將那根精油蠟燭交給政近，讓他整晚充分吸下煙霧之後，趁他剛睡醒恍神的時候使用催眠ＡＰＰ……說來意外，結果成功導入催眠了。

「真的假的……」

「恭喜有希大人。您成功了。」

「啊，嗯……那個，總之先通風吧？」

「遵命。」

女僕模式的綾乃打開窗戶，也打開通往客廳的房門之後，帶著熱氣的空氣穿過房間內部，沖淡室內莫名甜膩的空氣。然而即使如此，政近看起來也沒回復神智，就這麼維持空洞表情，只呆呆注視地面某處。

「……怎麼辦？」

沒想到真的有效，所以有希完全沒想過接下來怎麼做。不過這次是得到綾乃的協助，有希不忍心以「既然知道有效就到此為止吧」做結。

「唔唔～～……」

思考片刻之後，有希「啊」地露出靈機一動的表情，操作手機開啟催眠ＡＰＰ，然後將畫面拿給政近看，進行暗示。

「你將成為溺愛系型男。再也無法壓抑自己滿溢而出的愛情。」

有希說完輕觸畫面，手機隨即發出「咻嗚～～」的奇妙聲音，使得政近身體彈了一下。然後，政近的眼睛逐漸聚焦……突然朝有希露出甜美的笑容。

「嗨，有希……妳今天也好可愛。」

「唔哇好噁心！」

有希就像是忍不住脫口而出，突然說出惡毒的感想。對於妹妹這副不敢領教的模樣，政近看起來不以為意，緊接著看向綾乃。

「綾乃，妳今天也非常可愛喔。」

「謝……謝謝稱讚？」

「呵呵，怎麼啦？露出這麼詫異的表情……哎呀？」

此時，忽然發現某個東西的政近從床上起身，朝著綾乃的黑髮輕輕伸出手。

「看，這裡沾到毛絮了哦？」

「啊，非……非常抱歉！好丟臉……」

綾乃眼角泛紅縮起脖子，政近右手輕輕貼上她的臉頰，然後溫柔引導她抬起頭，以打從心底疼愛般的笑容甜蜜低語。

「不必在意啊？因為這證明妳就是這麼拚命工作……綾乃妳反倒是稍微放鬆一點也沒關係吧？」

「呃，不，在下不能這樣……」

「是嗎？綾乃真努力……總是很謝謝妳的照顧。我愛妳。」

溫柔撫摸臉頰的示愛行為，使得綾乃眼睛睜大到快要掉下來……

「噗咻～～……」

「綾……綾乃！」

「小心！」

綾乃暈頭轉向一陣腿軟，政近迅速扶住她，然後輕鬆側身抱起來，溫柔讓她躺在床上之後撫摸她的頭。

「呵呵，綾乃真可愛。」

政近說到這裡，像是徵求同意般轉身看向有希。然而有希對此迅速擺出架式。看見有希壓低重心將雙手舉到胸前備戰，政近露出甜蜜的笑容接近過去。

「呃，喔，怎麼啦？要來嗎？如果你以為真心表白這種程度可以嚇到我，那你就大錯特錯哦？是的，要是能嚇到我就真的了不起喔，我和綾乃可不一樣，不會這麼，啊，等等——」

——五分鐘後。

「我愛妳……有希，我比這個世界上的任何人都最愛妳一人。」

「喔呼响响响！不妙這是怎樣？要發出奇怪的聲音了——！」

位於該處的是坐在盤腿的政近腿上，被政近從背後緊抱輕聲示愛的有希。政近溫柔環抱她的腹部，一邊撫摸她的頭髮與臉頰，一邊不斷在她耳邊輕聲說著甜言蜜語。有希忍不住發出怪聲神魂顛倒。

溺愛系型男的政近剛開始只有突兀感，不過像這樣毫不害臊大方做出各種型男行徑之後，總覺得負負得正變得可以接受。看來「害羞就輸了」果然是真理。

「怎麼啦？這樣動來動去……是在害羞嗎？」

「呼嘿，啊，那個～～可以不要在耳邊呢喃嗎？該說我背脊發毛到不行嗎……」

「是嗎？那麼……看我這裡吧？我想看著有希可愛的臉蛋說話。」

「不要，不行不行！因為我現在表情變得很奇怪啦——！」

有希雙手雙腳向前伸直，頻頻擺動。不過這種程度的動作無法逃離政近懷抱。應該說，雖然手的動作很溫柔，摟抱的力度卻強得異常。感覺得到絕對不讓有希逃走的堅定意志。

「咯，咯咯，挺有一套的嘛，居然讓我害臊到這種程度……」

「呵呵，是嗎？如果看得見有希這麼可愛的模樣，要我率直表達愛意多少次都沒問題哦？因為我是全世界最愛有希的人。」

「呼呀，唔，唔咕咕，別得寸進尺了，哥哥。以為我會一直乖乖任憑擺布就大錯特錯哦？」

有希嘴角努力露出無懼一切的笑容，在政近懷裡迅速交叉雙臂。

「接招吧哥哥！以眼還眼！以牙還牙！以催眠對抗催眠！就用我之前學到的全新NEW模式來對付你吧！」

「全新」與「NEW」的意思重複了，由此可見她完全沒壓抑內心的慌張，然而有希不以為意，用力縮起身體提升某種氣場之類的能量，然後迅速朝空中高舉右手。

「接招吧！發動！天使模——」

「不需要這麼做，有希一直都是我的天使啊？」

「喔嗚呃咿啊！」

政近居然使出禁忌的變身斷法絕招。溺愛模式的政近，不會親切等待變身場面結束。切換模式失敗，某種氣場般的能量好不容易提升之後也徒勞無功消散，使得有希全身僵硬。政近像是打從心底疼愛般摟住這樣的有希，將下巴靠在她的肩膀。

「比任何人都深愛家族，總是為家族努力的我的天使……擁有有希這樣的妹妹，我真的好幸福。」

「喔，嗯……」

在僵硬期間聽到毫不留情的必殺情話，有希連玩笑話都說不出口，真的害羞了。在這個時候，正色臉紅的有希背後發出細微的聲音。

「唔，唔唔……嗯。」

「綾……綾乃！妳醒了？快來救我一下！」

綾乃在床上起身，有希隔著政近的肩膀抬頭向她求救。不過政近同樣抬頭看過來的視線，使得綾乃視線劇烈游移……

「啊，是……是的。在下忘記剛才正在準備早餐……」

綾乃迅速說完，無視於主人的救助要求就離開房間。

「綾……綾乃！妳這個叛徒～～！」

「喂喂喂，不可以說這種話哦？因為我們是一家人，好嗎？」

「就說別在耳邊呢喃了！」

有希像是貓咪「嗚喵～～」地胡亂掙扎，然後露出靈光乍現的表情開口。

「啊，廁……廁所！我想上廁所！」

「嗯？是嗎？那麼，去吧。」

有希迫不得已這麼說，不過政近很乾脆地放開有希。有希立刻站起來，迅速衝進廁所，然後大口吐氣。

「不妙……真的很不妙。」

失去羞恥心的哥哥如此甜蜜疼愛，有希難掩內心的慌張。和偶像的形象宣傳影片裡單純由型男輕聲甜言蜜語的狀況不一樣。因為政近現在的言行舉止……毋庸置疑表現出政近的真心。以「再也無法壓抑自己滿溢而出的愛情」這句話催眠的不是別人正是有希自己，所以肯定沒錯。

「天……天啊～～真的嗎～～哥哥也太喜歡我了吧～～」

有希打趣般這麼說，雙手按著臉頰扭動身體。要是不這麼做，襲擊全身的害臊感覺可能會害她整個人失常。

「可惡，可惡……哥哥真可愛……」

在廁所裡折騰好一陣子，心情稍微平復之後，有希回去客廳。回去一看……

「綾乃下廚的樣子真是賞心悅目……動作俐落，我看得入迷了。」

「啊，嗚……」

「你這傢伙在搞什麼啊！新婚嗎？」

政近從背後緊抱站在廚房的綾乃輕聲甜言蜜語，有希全力吐槽這樣的哥哥。不過想到哥哥的矛頭會再度朝向自己，有希也不敢貿然入內，只能在廚房入口咬牙切齒原地踏步。反觀現在一身承受政近溺愛的綾乃，維持著手拿生雞蛋的狀態完全僵住，就這麼面無表情任憑雙眼打轉，臉蛋逐漸開始染紅。

「新婚嗎……呵呵，能和綾乃結婚的人好幸福。因為綾乃這麼可愛又溫柔，家事也做得很完美。」

「啊，啊哇，啊哇哇哇哇……」

聽到這段甜蜜的稱讚，綾乃嘴裡發出沒聽過的顫抖聲音，拿著蛋的手開始劇烈發抖。大概是對於隨時可能脫手掉落的生雞蛋懷抱危機感，綾乃發出大幅走音的聲音。

「政政……政近大人！不可以！蛋會……蛋會跑出來！」

「嗯？啊啊……不行喔，這樣很危險。來，好好握住吧？」

說完之後，政近左手依然摟著綾乃的腹部，右手輕輕握住綾乃拿蛋的手。頓時，綾乃身體更加劇烈地顫抖，發出更加充滿危機感的聲音。

「不可以！蛋會跑出來！在下的蛋會——」

「不准開始準備生哥哥的小孩！」

有希終於忍不住踏進廚房，從綾乃身後拉開政近。

「好了！哥哥去看電視！不要妨礙下廚！」

像這樣強行將政近趕出廚房之後，有希轉身看向只把拿蛋的手放在廚房料理台，當場癱坐的綾乃。

「……所以？做得出早餐嗎？」

「可……可以……」

「不准別有含意摸肚子。」

綾乃臉頰泛紅撫摸下腹部，有希賞她白眼吐槽。

◇

「唔～～……」

吃完早餐，有希看向悠哉看電視的政近，歪過腦袋。

「嗯？有希，怎麼了？」

「膩了。」

「？」

政近露出甜蜜笑容歪過腦袋，有希板著臉斷然這麼說。

以催眠術讓哥哥成為溺愛系型男至今一小時半，有希終究習慣這種甜蜜的言行舉止了。而且坦白說，愈來愈覺得厭煩了。

吃早餐的時候也一樣，又是想餵食又是想拿餐巾幫忙擦嘴，有希差不多飽足了。和吃飯不同意義的飽足。

（話說，催眠完全沒解除耶？剛才是不是應該再充分通風比較好……）

今天從早上就很熱，所以通風約十分鐘之後就關上所有窗戶開冷氣，不過看來還有氣化的精油殘留。政近的催眠狀態一直沒有解除的跡象。

「唔～～……差不多該換成別的催眠了嗎……」

有希自言自語滑起手機時，繞過桌子的政近從背後抱住她。

「在做什麼？玩新的遊戲嗎？」

「嗯嗯，沒錯～～來，看這個。」

「嗯？要看……什麼……」

有希隨口應付哥哥的問題，隔著肩膀秀出手機畫面。接著，政近的聲音逐漸變小消失，眼睛眨也不眨開始注視畫面。政近再度成為催眠導入的狀態之後，有希給予下一個暗示。

「你將成為高傲系型男。你總是充滿自信，傲慢不馴。但是沒關係，因為你周圍的人全～～都喜歡你。」

有希非常隨便地說完輕觸畫面，手機隨即發出「咻嗚～～」的奇妙聲音，使得政近手臂抖了一下。然後，他的眼睛逐漸聚焦……突然抬起下巴，露出不可一世的笑容俯視有希。

「喂喂喂，明明被本大爺抱在懷裡，卻專心滑手機？好大的膽子……」

「唔哇，不妙。」

看到哥哥傲慢笑著把下巴抬得老高，有希正色說出非常正直的感想。不同於剛才的溺愛系，這種高傲系對於有希來說真的不ＯＫ。有希已經沒感覺了。真要說的話已經有點火大了。

「怎麼啦？本大爺太關心綾乃，妳鬧彆扭了？」

「這我不行。」

變成高傲個性的哥哥太那個了，有希忍不住舉起手機。她開始錄影之後，政近站起來擺起架子，一把撥起瀏海。

「喂喂喂，突然怎麼了？雖然能理解妳想拍本大爺的心情……不過既然要拍，可以在我打扮得更帥氣一點的時候拍嗎？」

政近嘴裡這麼說，卻還是解開胸前的一顆釦子，一屁股坐在椅子上，然後朝著手機鏡頭送出挑逗的秋波。

「真不妙～～……應該說，哥哥心目中的高傲角色，總覺得形象不太固定？等他回復正常的時候看見這個會是什麼反應？」

剛才被成為溺愛系的哥哥折騰得那麼害羞，想要報復的有希冒出這個想法，露出壞心眼的笑容。其實原因根本在有希身上，所以這完全是惱羞成怒，不過有希毫不猶豫無視於不合己意的真相。

有希就這麼拍攝盡顯自戀心態擺出各種「人帥真好人醜性騷擾」姿勢的哥哥十幾分

鐘之後，對講機忽然響起輕快聲音，使得有希抬起頭。同時，她察覺平常肯定會立刻起身應門的綾乃沒有動作，感到不太對勁。

「嗯？綾乃？」

猛然朝旁邊一看，綾乃心不在焉坐在椅子上。原本以為只是照例變成空氣，看來還沒從政近的溺愛攻勢重拾理性。不得已，有希放下手機起身，前去應門。

「好的好的，所以是哪……位……？」

有希心想反正是物流之類的人員而看向螢幕……發現映在上面的是銀髮少女，她整個人停止動作。

「……咦？」

有希沒聽哥哥說過今天艾莉莎會來。忘記告知？不可能。說起來，政近昨天和艾莉莎開讀書會，有希才會趁著艾莉莎回去之後前來過夜。如果艾莉莎預定連續兩天過來，政近不可能忘記這件事。這麼一來，這就是艾莉莎閃電來訪……不過現在時間是上午十點半。這個時間造訪朋友家有點早。

（咦，艾莉同學？咦，為什麼？）

完全出乎預料的事態，使得有希在對講機前面僵住。政近無聲無息站到她背後，然後隔著有希肩膀伸出手，在有希阻止之前按下應答鍵。

「艾莉，怎麼了？」

『啊，政近同學？抱歉突然過來。昨天，我好像把手機忘在你家……』

聽到艾莉莎前來的用意，有希接受了。在接受的同時，她心想……

（明明只是來拿手機，不過打扮得真用心。）

從同為女生的角度來看，艾莉莎的服裝明顯精心搭配過。如果說她只是平常就很時尚，那就沒什麼好研究的，不過總覺得事情沒這麼簡單。

「好啊，妳就進來吧。」

『嗯？好的。』

「！」

有希以溫馨眼神看著螢幕上的艾莉莎時，政近居然打開大門邀請艾莉莎入內了。艾莉莎似乎覺得政近的說話方式不太對勁，卻沒特別說些什麼就進入公寓。

「不，這樣不妙吧？」

有希正色輕聲說完，讓頭腦猛烈運轉。說到什麼事情不妙，首先，現在的政近因為催眠而不太正常。而且，有希自己和綾乃在這麼早的時間就在政近家也非常不妙。不只如此，現在綾乃是女僕的模樣，有希自己則是完全放鬆的居家服打扮。

（沒錯！這身打扮絕對不妙吧！）

有希瞬間這麼想，剛冒出「首先得換衣服才行……」這個念頭，政近就開始走向玄關，有希因而停下腳步。

「唔～～首先要解除催眠！」

有希只苦惱一秒就撲向手機。

「綾乃，快阻止哥哥……不對，把我和妳自己的鞋子藏起來！」

「……是。」

派綾乃前往玄關之後，有希啟動手機。

（總之至少把我與綾乃的鞋子藏起來，然後讓回復正常的哥哥在玄關門口應對就好……）

有希高速擬定今後的計畫，將催眠APP啟動，啟動之後……

「……慢著，要在哪裡解除催眠啊？」

有希不知道最重要的解除方法，夾雜著不耐煩的心情大喊。事到如今只能死馬當活馬醫，嘗試平常解除催眠的方法……如此心想踏出腳步的時候，玄關門鈴響起，有希僵住了。

「喲，來了嗎？」

而且緊接著傳來玄關大門開啟的聲音，甚至還有政近迎接艾莉莎的聲音。對於這個最壞的事態，有希用力咬緊牙關……

（～～要先換衣服！）

有希解開馬尾並且衝進自己房間，全速換上外出服，然後掛著文雅的笑容前往玄關……映入視野的光景令她完全凍結。

位於該處的是背靠玄關大門，被政近壁咚&抬起下巴的艾莉莎，以及沒有特別試著躲起來，就這麼看著這幅光景的綾乃。

「不，慢著慢著慢著……」

綾乃不知為何成為呆立狀態，有希從她身旁經過，正要介入壁咚場面的時候，政近掛著野獸般的笑容對艾莉莎開口。

「生本大爺的孩子吧。」

「不，這是之前在少女手遊廣告看過的台詞。」

「……好。」

「唔咦咦咦?居然說了『好』？」

有希正色吐槽政近高傲至極的這句話，隨即聽到艾莉莎居然答應，嚇得差點翻過去。然後，有希以睜大到快要掉下來的雙眼看向艾莉莎臉蛋……察覺她的表情恍惚又空洞，因而把握事態。

「糟了！我忘記這個人的催眠抗性是零！」

恐怕是家裡殘留的催眠精油令艾莉莎中招吧。話說回來，精油應該幾乎沒飄到玄關附近才對……搞不懂她的體質到底多麼防不住催眠術。或者說，可能是先前被政近催眠之後不知為何成癮了。

有希像這樣考察的這段時間，政近摟著艾莉莎的腰走過來。艾莉莎也掛著恍神表情依偎在政近懷裡。

「咦，不……等一下。」

政近就這麼正常經過有希身旁要進入客廳，有希正色抓住他的肩膀制止。接著，政近視線瞥過來，稍微露出苦笑像是規勸般開口。

「有希……識相一點。懂嗎？」

「你這傢伙想做什麼啊啊啊——！」

有希半哀號地厲聲咆哮，迅速高舉拳頭，就這麼毫不留情從側邊毆打政近下巴，試著剝奪他的行動能力。然而在這一拳即將命中時，手腕被抓住制止了。

「真危險，本大爺討厭不聽話的孩子哦？」

「少囉唆給我恢復正常啦你這個混帳作弊仔！綾乃！哥……更正，政近同學就交給……………綾乃？」

看見剛才站著不動的綾乃走到政近面前，有希試著要求她協助。然而看見她的雙眼，有希猛烈冒出不祥預感。

「政近大人……遵命，在下會生政近大人的孩子……」

「連妳也是嗎！」

總覺得綾乃一直心不在焉，看來是精油慢慢發揮功效。說到變成這樣的原因……

（應該是我害的吧！）

盡情把綾乃當成催眠術的白老鼠，害她抗性變差的不是別人，正是有希。有希在內心抱頭，但是看見綾乃即將投入政近懷抱，有希連忙下令。

「綾乃！坐下！」

「……」

「可惡，阻止不了！這就是才能的差距嗎？」

有希自暴自棄般大喊並甩開政近的手，張開雙手擋在政近前方，然後挑釁般抬頭瞪向雙手抱著艾莉莎與綾乃的政近。

「我摸肩膀之後就會解開催眠！要開始了哦？一，二，好！」

有希清楚告知之後，像是祈求成功般「啪」一聲拍打政近雙肩搖晃。然而……

「有希……怎麼啦，吃醋嗎？放心吧，本大爺永遠都是妳的老哥，好嗎？」

「沒效～～！啊啊真是的該怎麼……辦？」

粗魯大喊的下一瞬間，隨著右手腕被抓住的觸感，有希被身體輕盈飄到半空中的感覺襲擊。回神一看，有希已經仰躺在走廊。

「……咦？」

多虧自己半自動做出防護動作，加上政近是溫柔摔倒她，所以沒有真正算痛的痛楚。然而，雖說再怎麼掉以輕心，卻在即將倒地之前連反應都做不到。有希對於這個事實感到戰慄，但她察覺剛才神乎其技的哥哥背對這裡要前往自己房間，所以連忙追過去。

「呃，喂，說真的冷靜下來吧？居然上演催眠催上床的戲碼，說真的這可不是色情同人。不，男方也被催眠的這種狀態算稀奇嗎？不不不，說起來居然第一次就兩人同時搞定，又不是攻略所有路線之後附贈的後宮路線，這種事請好好攻略個別路線之後再說吧！」

有希從背後抓住政近肩膀，拚命試著阻止……但是說來悲哀，有希的嬌小身軀就只是空虛地一直被拖著走。

「～～！啊啊，真是的！」

就這樣進入客廳的時候，有希發出自暴自棄的聲音——

◇

「——嗯?咦，嗚!痛，好痛!咦，什麼，我完全睡到落枕了嗎?」

政近在清醒的同時，脖子的強烈疼痛令他發出呻吟。

「痛死我了……嗯?」

他按著脖子起身，發現自己不知為何是穿著便服睡在床上。

「為什麼……唔喔!」

政近輕聲說出疑問環視室內，在床邊五體投地的綾乃嚇了他一跳。

「咦，怎……怎麼了?」

「非常抱歉……」

「什麼事?咦，不，我搞不懂狀況。」

「其實……昨天給政近大人使用的精油蠟燭，是用來讓您成為容易被催眠的狀態……政近大人從今天早上就中了有希大人的催眠術。」

「啥?催眠術是……」

政近腦海浮現艾莉莎在學生會室半裸的模樣……連忙消除。同時，也想起當時的艾莉莎失去被催眠時的記憶。

「啊，啊啊……咦，是這麼回事嗎？我被有希催眠……然後失去記憶？」

「是的……恐怕沒錯。」

「唉……」

老實說，政近難以率直理解狀況，發出有氣無力的聲音。實際上，他沒有被催眠的自覺也毫無記憶，所以也在所難免。

「……所以，我總覺得脖子超痛的，這是為什麼？」

「這是，那個……在下的記憶也在中途變得模糊，所以無法說得非常肯定……不過據說是有希大人剛才阻止政近大人的時候，從背後使出鎖喉功勒昏您……」

「啊？」

政近果然還是搞不清楚狀況。

「……哎，算了。話說有希呢？還有，這不是妳的錯，所以妳可以抬起頭了。」

「不，畢竟精油與催眠ＡＰＰ是在下準備的……」

「……催眠ＡＰＰ？」

「就是這個……」

綾乃說著遞出的手機顯示著一顆閉上的大眼睛，微微發出詭異的振動聲。

「……這是什麼？應該說，這是什麼聲音？」

「啊，這是解除催眠用的音波？的樣子。剛才播放這個給躺在床上的政近大人聽……啊，您問有希大人是吧。有希大人她，那個，先回去周防家了……」

「啊？為什麼？」

「那個……她吩咐在下轉交這個……」

綾乃小心翼翼遞出一張折疊起來的活頁紙。打開一看，上頭只以有希的字大大寫著「對不起」。

「……怎麼回事？不，等一下，她剛才出手阻止我？咦，我做了什麼必須被勒到昏迷的事情嗎？」

「關於這個……在下覺得您親自確認比較好……」

綾乃說著瞥向放在枕邊的政近手機。總覺得冒出不祥預感的政近啟動手機之後，畫面上顯示學生會二年級組傳來的簡訊。

『久世，怎麼了？有什麼煩惱的話說來聽聽吧？』

『久世學弟還好嗎？難道說，是在七大不可思議那時候被什麼東西附身……』

『不，我覺得很帥氣啊？嗯。』

統也與瑪利亞傳來擔心的簡訊，至於茅咲傳來的簡訊看起來像是在安慰。

視窗往上滑之後，出現有希上傳的一個影音檔。政近點選該檔案──

『喂喂喂，突然怎麼了？雖然能理解妳想拍本大爺的心情……不過既然要拍，可以在我打扮得更帥氣一點的時候拍嗎？』

「唔，這！」

畫面顯示的自己身影簡直不像是自己，政近說不出話。畫面上的自己盡顯自戀心態接連擺姿勢。即使這段過於難以忍受的影片令政近關掉手機畫面，也無法改變學長姊們看過影片的事實。政近立刻感覺全身猛然發熱。

「有……有希～～……妳對我，妳對我做了什麼事啊……！」

政近在床上咬牙切齒，拚命忍受羞恥情緒。然後他驚覺一件事。艾莉莎還沒傳簡訊給他。

（也就是說，艾莉有可能還沒看過──話說，就是這樣！艾莉昨天把手機忘在我家，所以還看不到影片吧！那麼，只要趁現在刪掉影片……！）

最不希望被看見這部影片的對象還沒看。突然浮現的希望，使得政近甚至忘記有希已經回去的事實，衝出房間。

「喂！有希──」

然後政近狂奔到客廳……發現艾莉莎就這麼趴在桌上，背部還微微顫抖，他整個人因而僵住。
「唔，咕噗……呼……～」
艾莉莎將臉埋在左手臂，隱約發出笑到岔氣的聲音，背部頻頻抽動。她無力放在桌上的右手……拿著原本應該放在政近桌上的自用手機。
『喂喂喂，拍得更用心一點啦……啊啊，原來如此。妳不想透過手機鏡頭，而是想親眼欣賞本大爺對吧？咯，真拿妳沒辦法……』
「～～～！」
這支手機裡，傳出不屬於政近的政近聲音。
政近當場跪倒在地。
「有……有希……有希咿咿咿咿～～～～！」
然後政近跪著雙手撐地，從丹田擠出聲音。
「我做了什麼事啊啊啊——！」
「～～～！」
政近靈魂的慘叫，和艾莉莎不成聲的岔氣笑聲重疊。這一瞬間，政近手中的手機振動了兩下。
畫面上顯示『因為你女人緣變好了』這段有希傳來的訊息。

第10話

脫線與店員

「唉……」

擺著大大小小各種布偶的可愛房間裡，響起不適合房內氣氛的惆悵嘆息聲。這個聲音的主人，是躺在床上抱著貓布偶的瑪利亞。

瑪利亞單手抱著布偶，以另一隻手拿起金色墜飾看著放在裡面的照片，露出和往常不同的憂愁表情。

「阿薩……」

脫口而出的，是她最喜歡的心上人名字。平常總是高聲開朗呼喚的這個名字，如今也充滿心酸惆悵的音調。

「再也見不到你了嗎……」

悲觀的預測輕聲從瑪利亞口中說出。但她立刻搖搖頭，縮起身體將臉埋進枕頭。

「……再幾次就好。到這個暑假結束為止……」

瑪利亞對自己這麼說，將墜飾抱在懷中。對於重逢抱持期待……或者是懼怕。

咚咚。

就這麼經過數分鐘後，瑪利亞的房間響起敲門聲。瑪利亞慢慢從枕頭只露出單邊眼睛，出聲回應。

「是～」

『……瑪夏？方便借點時間嗎？』

「啊！艾莉？」

門外傳來這個聲音，瑪利亞像是彈起來般起身。直到剛才的感傷氣氛消失無蹤。瑪利亞切換心情的速度快到恐怖。

「怎……怎麼了？」

總是冷淡對待姊姊的妹妹，難得主動造訪瑪利亞的房間。這是兩週都不一定發生一次的稀有事件，瑪利亞立刻跑到門前。氣勢過強的這種迎接方式，反倒是來訪的艾莉莎露出有點吃驚的表情。

反觀看見艾莉莎這張表情的瑪利亞，臉蛋瞬間放鬆笑開。艾莉莎來了！瑪利亞對於小事再也不在意了！

「……難道說，妳剛才在睡？」

看著瑪利亞有點凌亂的頭髮，艾莉莎露出有點關心的表情。不過瑪利亞掛著將艾莉

莎這份關懷拋到九霄雲外的笑容，神氣挺胸。

「不，剛才只是躺著發懶！所以，有什麼事？」

「啊，是喔……總之，那個……」

聽到姊姊光明正大宣稱自己正在墮落，艾莉莎露出傻眼表情，說話有點結巴。然後她移開視線玩弄髮梢，有點猶豫地開口。

「下週的集訓……不是需要泳裝嗎？瑪夏妳準備好了？」

九条姊妹最後一次進行海水浴，已經是四年前的事。在那之後沒有私下去過海邊或是泳池，所以這四年來在各方面有所成長的兩人沒有合身的泳裝。雖然姑且有學校指定的泳裝，不過艾莉莎也知道在校外穿那件泳裝很不像話，所以來詢問立場相同的姊姊。那麼，換句話說……

「不，我還沒買。正想說大概在今明兩天去買。」

瑪利亞猜到妹妹後續會怎麼說，開心笑著這麼告知。接著正如她的預料，艾莉莎瞥向瑪利亞，然後再度移開視線開口。

「這樣啊……那麼難得有這個機會，要不要現在去買？」

被艾莉莎邀約出門約會了！瑪利亞的智能數值下降5！

「嗯，沒問題哦～～？嘻嘻，要和艾莉約會了！」

「並不是約會。」

「什麼時候出發？姊姊隨時都可以喔。」

「咦，那麼……大約三十分鐘後？」

「知道了！我立刻準備吧～～？」

轉眼之間變得軟綿綿的瑪利亞關上房門之後，和數分鐘前截然不同，以像是隨時會哼起歌的模樣開始換裝。再度強調，瑪利亞切換心情的速度快到恐怖。

就這樣興沖沖做好準備之後，瑪利亞和艾莉莎一起出門。

「那麼，出發～～！」

「我不要牽手。」

「啊嗚！」

想以雙手抓住艾莉莎的手卻立刻被冷漠甩開，瑪利亞不滿般鼓起臉頰。但是艾莉莎不以為意迅速踏出腳步先走，瑪利亞連忙隨後追上。

「等一下啦，艾莉妳走得好快～～」

「只是因為妳太溫吞吧？」

「走得這麼急也只會很熱哦～～？來，和姊姊一邊聊天一邊慢慢走吧？好嗎？」

「沒什麼好聊的吧？」

「真是的！艾莉好冷漠！」

兩人進行這種一如往常的互動，抵達最近的車站之後，一邊吸引周圍的眾多視線一邊走向月臺。

「來，瑪夏往這裡。」

「咦～～明明在這邊車廂下車的時候比較靠近階梯……」

「不行。別再說了，要確實搭乘女性專用車廂。」

「唔……好啦～～」

在艾莉莎的催促之下，瑪利亞不情不願移動到別的上車處。瑪利亞當然也知道女性專用車廂存在的理由，也知道這個世界存在著叫做色狼的罪犯。雖然知道，但她至今沒遭遇過，所以沒什麼實際的感受，也沒懷抱危機感。

……不，正確來說只是她本人沒察覺，其實遭遇過好幾次。只不過對方在下手之前就會被恐怖的妹妹大人狠瞪，或是被恐怖的副會長大人扭到手腕脫臼，因而以未遂收場。多虧這樣，瑪利亞免於遭受狼爪，另一方面，她本人的危機意識就這麼一直都很薄弱，某方面來說很諷刺。

「妳自己搭車的時候，也要好好搭乘女性專用車廂哦？沒有的話就不要滑手機，對周圍提高警覺。」

「是～～」

即使如此，瑪利亞也知道妹妹與好友很擔心她，並且乖乖聽從忠告，這算是她的美德吧。瑪利亞點頭回應艾莉莎的告誡，忽然皺起眉頭。

「艾莉……難道說，妳至今遇過色狼？」

「啊？沒有啦……我和妳不一樣，在這方面防得很嚴。」

「唔，我也防得很嚴啊？不會讓阿薩以外的男生碰我！」

瑪利亞鼓起臉頰，深感遺憾般雙手扠腰……不過艾莉莎低頭看向她的服裝，傻眼般低語。

「還敢說……」

艾莉莎這麼說也在所難免。因為今天瑪利亞的服裝不只露肩還露肚臍。健康白皙又光滑的肌膚，真的是強烈吸引周圍的視線。不過，瑪利亞不知道是怎麼解釋這些視線，她喜孜孜地按住帽子稍微擺姿勢。

「啊，這套衣服嗎？嘻嘻，很可愛吧～～？」

「……這我承認。但是我絕對不會穿。」

「咦咦～～？可是這樣很涼快耶？」

「女生不可以讓肚子著涼。」

艾莉莎斬釘截鐵這麼說，狠狠瞪向周圍色瞇瞇看著姊姊的男性乘客，然後拉著瑪利亞的手上車。兩人像這樣搭電車移動約十五分鐘，在平常也會來買衣服等物品的大站下車，進入站前的大型商場。搭乘電扶梯來到女裝樓層之後，琳瑯滿目的各種服裝令瑪利亞眼神閃亮……

「哇～那件衣服好可愛！」

她立刻想要進入和泳裝無關的店家，然後被早就猜到這個行動的艾莉莎抓住左手腕制止。

「今天是來看泳裝吧？好了，我們走吧。」

「咦咦～等一下～只看一下下，我只會看一下下啦～」

一直被拉走的瑪利亞發出可憐兮兮的聲音，但是艾莉莎不以為意踏出腳步。要是放任這個自由的姊姊不管，她將會無止境被各種東西吸引目光，艾莉莎對此清楚到厭煩的程度，所以毫不迷惘。

「啊，那件裙子，是上次電視上介紹的款式！」

「……」

「啊，是結束營業的清倉特賣！艾莉，所有商品半價耶！」

聽到這句話，艾莉莎老實說也稍微被打動。但她不想陪姊姊進行長到不行的購物行動，所以堅持面向前方大步前進。就這樣被妹妹半拖著抵達目標店鋪之後，瑪利亞也終於安分下來。

「哇～～好多可愛的泳裝！」

不，單純只是目光被眼前的商品吸引。艾莉莎對這樣的姊姊露出傻眼表情，大致掃視周圍之後皺眉。

「嗯？艾莉，怎麼了？」

艾莉莎沒回答瑪利亞的疑問，再度環視賣場一圈……然後稍微歪過腦袋。

「總覺得，是不是每一件都太露了？」

「咦，是嗎～～？不都是這樣嗎？」

聽到艾莉莎這麼說，瑪利亞歪過腦袋，指向掛在牆邊的連身式泳裝。

「在意的話，也有那種的啊？那件的話……」

「腳不是會被看見嗎？」

「……腳？」

出現這句有點出乎意料的發言，瑪利亞正色轉身看向艾莉莎。但是艾莉莎掛著正經八百的表情，使得瑪利亞眨了眨眼睛。

「那個，艾莉？看得見腳應該很正常——」

「不可以。和學校的泳池不一樣，到時候也有男生在場耶？平常看不見的部位當然要遮好。」

「那個……也就是說？」

瑪利亞終於正式感到不解，艾莉莎理所當然般放話。

「肚子當然不用說，腳與大腿也應該遮好。」

「艾莉要當海女嗎？」

瑪利亞正色吐槽之後，心想「這樣不妙」。雖然知道艾莉莎對於異性的防備固若金湯，不過要是就這麼讓她自選泳裝，可以預見她將會在最後選擇潛水服。瑪利亞身為一個女孩子覺得這樣不行，身為一個深愛妹妹的姊姊，也希望艾莉莎穿上可愛的泳裝。

不過，即使直接說「妳穿這件！」推薦泳裝給她，也很明顯會被說「瑪夏的嗜好和我無關」堅定拒絕。因為她剛才看見瑪利亞露肚臍的衣服就斷言「絕對不會穿」。所以，如果要成功……

「艾莉……姊姊認為妳守身如玉是好事，不過這樣終究沒考慮到TPO喔。」

TPO——時間、地點與場合。對於明理人……更正，對於自認明理的人來說，這是一種必殺的關鍵詞。艾莉莎也不例外，眉頭一顫之後俯視瑪利亞。瑪利亞筆直注視她的雙眼懇切說明。

「這次進行的集訓，是假借集訓名義的交誼旅行。換句話說是休閒活動哦？那麼應該會被要求打扮成合適的模樣吧？」

「……或許吧，不過就算這麼說，也沒必要增加裸露程度——」

「有喔。要是穿成『不想讓你們看見肌膚』的樣子，就無從增進彼此的感情吧？大家肯定都～～會覺得掃興哦？妳想想，日本也有『裸裎相對』的交流方式吧？」

「唔——」

大概是覺得瑪利亞這番話有點道理，艾莉莎說不出話。此時，瑪利亞像是抓準機會般乘勝追擊。

「而且，這次要去的是私人海灘，不會被不特定多數人看見。」

「……不是有政近同學與會長嗎？」

「放心啦～～反正會長眼裡只會有茅咲一個人。而且，久世學弟肯定會看我。」

「咦？」

艾莉莎不明就裡蹙眉，瑪利亞刻意得意洋洋挺胸。

「妳想想，因為久世學弟也是男生。男生都會對女生的胸部深感興趣。所以……要是我穿上可愛的泳裝，他的眼睛肯定會盯著我不放吧。」

瑪利亞將雙手放在自己胸口，不好意思般扭動身體。不像她本性的傲慢發言，使得艾莉莎嘴角抽動，藍色眼睛點燃熊熊的競爭心。

「喔……真敢說耶。不只胸部，連腹部也長肉的瑪夏，這樣的我會比不上嗎？」

艾莉莎在「這樣的」三個字加重語氣，像是炫耀自己的身材般雙手抱胸向後挺，以耐人尋味的視線看向瑪利亞裸露的腹部，然後輕聲哼笑。不過，瑪利亞不會被這種程度的挑釁打亂陣腳。

「艾莉，這妳就不知道了。男生這種生物啊～～比較喜歡稍微長點肉的女生哦？但我覺得妳緊實的身體也很美妙就是了，懂嗎？」

瑪利亞安慰般這麼說，充滿自信挺起豐滿的胸部。不同於以往的強勢態度，使得艾莉莎眼角氣到發僵。

原因在於艾莉莎有一種自負。為了維持自己的體型，比瑪利亞努力許多的自負。努力的自己會輸給怠惰蓄積的贅肉？艾莉莎堅決無法承認這種事。

「膽子很大嘛……到時候面對我的完美身材，要是不好意思走在我身旁，我可不會理妳哦？」

「沒問題～～那麼，艾莉也決定穿比基尼嘍？」

「……嗯？」

「泳裝不露肚子就沒意義了吧～～？放心，我也會穿比基尼～～啊，這件看起來不錯。」

艾莉莎心想「咦？為什麼變成這樣？」歪過腦袋的時候，瑪利亞迅速挑起泳裝。

此時，一名戴眼鏡而且整齊盤起頭髮的女店員，迅速接近過來開口。

「客人，抱歉方便打擾一下嗎？我冒昧覺得這邊的泳裝對於這位小姐來說可能有點小，建議挑選大一號的款式。」

「咦？」

聽到店員輕按鏡腳如此指摘，瑪利亞轉身看向艾莉莎，然後目不轉睛看著艾莉莎的胸部開口。

「艾莉……妳又變大了？」

「怎，怎樣啦……瑪夏妳也沒資格說別人吧？」

「嗯，總之話是這麼說沒錯……原因果然是媽媽的料理嗎？發育完全停不下來對吧～」

艾莉莎尷尬扭動身體，瑪利亞的視線從她那裡下移到自己胸部，露出為難表情。

「艾莉最好也做好心理準備哦？」

「是要做什麼準備……話說，這種事不該在這裡提吧！」

艾莉莎說著想伸手搶過瑪利亞手上的泳裝，不過在這之前，店員小姐順手拿起大一號的款式，迅速塞入艾莉莎懷中。

「客人，方便的話請到那裡試穿。」

「咦，不，可是……」

「東西都要試過才知道。首先請試穿這件，再決定泳裝要朝哪個方向挑選吧。那麼請和我來。」

艾莉莎半推半就被帶到試衣間前方，對方說著「請進請進」就把她推進試衣間。對於自然而然引導她進去試穿的女店員，瑪利亞豎起大拇指。

「真有一套，謝謝妳的協助。」

「不客氣，這也是我的工作。」

「真是專業……話說店員小姐貴姓大名？」

「抱歉現在才自我介紹。敝姓渡邊，擔任這間店的店長。」

店員小姐……更正，渡邊小姐輕按鏡腳，展示別在胸前的名牌。幹練店長的眼鏡會發光。

「話說回來，請問兩位是姊妹嗎？」

「啊，是的。一點都沒錯～～不過我好歹是姊姊喔～～」

由於比艾莉莎矮又是娃娃臉，瑪利亞經常被當成妹妹，所以如此補充說明。

不過，渡邊絲毫沒露出意外感，像是「我懂」般頻頻點頭。

「是的，是的，我知道您的想法。想讓妹妹穿上漂亮的泳裝。是這樣吧？」

「就是這樣～～！那孩子要是扔著不管，可能會穿上潛水服……等一下。」

此時，瑪利亞察覺試衣間裡完全沒聲音，從門簾一角探頭進去。

「艾莉，怎麼了～～？」

「等等，至少出聲知會一下啦！」

或許該說果不其然，艾莉莎拿著店長給的泳裝面有難色，被突然探頭進來的瑪利亞嚇得轉過身來。

「那就快點換穿啦～～店長小姐也在等。」

「可是，這件……」

艾莉莎會猶豫也在所難免。因為她手上的泳裝是一種極致的比基尼款式。素色，沒有蝴蝶結與荷葉邊，而且布料面積也很小。只有細長的帶子與一小塊布。真的是歐美超模會穿的那種超辣比基尼。

「我還是不敢穿這種的啦！」

艾莉莎半哀號如此大喊，想要將泳裝塞給瑪利亞退還。此時我們的店長渡邊小姐鑽進來現身。

「那麼，這件您覺得如何？」

店長說完遞出來的，是布料面積增加許多的粉紅色比基尼。邊緣以荷葉邊點綴，營造出少女般的可愛感覺。

「總之，這件的話……」

短短數分鐘前強調不露肚子也不露腿的宣言消失無蹤。雖然完全是中了「以退為進」的銷售手法，不過艾莉莎沒意識到這一點，接過渡邊小姐拿來的泳裝，然後花了數分鐘換穿。

「哇～～好可愛～～」

「是……嗎？」

「非常適合您。這是今年流行的泳裝類型，但您是我看過穿得最好看的客人。」

如果只有瑪利亞的稱讚，艾莉莎或許會輕易當成耳邊風。不過專業店員讚不絕口的流利感想，使得艾莉莎也稍微被說動了。

「可是，感覺粉紅色對我來說有點太可愛了……」

「原來如此，那麼這件您覺得如何？」

渡邊小姐靜靜朝側邊伸出手，迅速出現的另一名店員就拿了另一件泳裝給她。這間店的店員或許接受過某種特殊訓練。

「這件泳裝是相同類型的造型，不過如您所見，是以藍底花紋表現清新與亮麗的感覺——」

就像這樣，渡邊小姐的推薦絕對不是誇大其詞，卻也正因如此可以率直接受，艾莉莎就這麼接受勸說試穿六件。

「嗯……這件好像不錯。」

這件附有大片蕾絲滾邊的水藍色條紋比基尼，令艾莉莎首度暗喜般放鬆嘴角。

瑪利亞沒放過這個機會，也抓準時機點頭。

「嗯嗯，姊姊也覺得這件泳裝可愛。」

「唔，不，可是果然……」

大概是這時候稍微變得冷靜，艾莉莎重新照鏡子確認自己的模樣，說著「不會太裸露了嗎？」皺起眉頭。

不過，瑪利亞這時候立刻露出詫異表情。

「咦咦～～？和姊姊這件比起來完全不算什麼啊？」

瑪利亞說著高舉的泳裝，是正中央只有帶子，完全露出乳溝的白色比基尼。目擊比自己這套還要大膽的泳裝，艾莉莎的判斷基準大幅受到影響。

「可是，腿會……」

即使如此，艾莉莎似乎還是很在意，低頭看向自己裸露的大腿。此時，渡邊小姐靜靜遞出一塊布。

「既然這樣，要不要用這件片裙遮擋？如果您現在一起購買這兩件，這邊可以特別給您這個折扣……」

渡邊小姐不知道從哪裡取出計算機，噠噠噠輸入數字之後給艾莉莎看。「一起買比較便宜」的必殺關鍵句明顯打動艾莉莎的心。就這樣在數分鐘後，艾莉莎試穿片裙確認自己的站姿，然後慢慢點頭。

「那麼，我買這套……」

「謝謝惠顧。我現在派人去後面拿全新的過來。」

渡邊店長雙手一拍，一名店員就迅速消失在後台。過於俐落的手法使得艾莉莎有點不敢領教。就這樣，兩人分的泳裝結帳完畢之後……

「謝謝光臨～」

在渡邊小姐與訓練有素的店員們目送之下，兩人走出這間店。

完成目的的艾莉莎，心已經飛向自己家……另一方面，瑪利亞反倒是現在才發動引擎的樣子，頗為興奮地看向艾莉莎。

「那麼，接下來要做什麼呢？」

「居然問要做什麼，我已經想回去了……」
「咦咦～～一起到處逛一逛啦～～」
「陪妳逛會很久，我不要。」
「唔～～艾莉真小氣～～」
瑪利亞氣噗噗地抱怨，艾莉莎卻不以為意走向電梯。看著她這麼冷淡的態度，瑪利亞猜測她基於某些理由想要回家。
（唔～～……啊！難道她想早點回家，用剛才買的泳裝辦一場服裝秀？買了新衣服果然會興高采烈耶！）
……瑪利亞時不時就被親朋好友說「經常說一些非常脫線的話」。但是她本人沒有這份自覺，也不承認自己脫線。
（在我或是店員面前，她可能會有所顧慮……肯定打算在自己房間獨自享受服裝秀吧。啊，我這麼想就覺得也想辦了。）
因為瑪利亞內心認為自己的發言很合理。她總是以自己的方式鋪陳邏輯再發言。只不過……
「艾莉，我知道了。不過，我也想一起辦，所以服裝秀可以等我嗎？」
「……這是在說什麼？」

瑪利亞完全不說明過程就直接進結論，所以對方聽起來只像是沒頭沒腦的發言。這次艾莉莎當然也聽不懂她在說什麼。

不過，她立刻心想「老毛病又犯了嗎」放棄理解，無奈搖頭決定隨口帶過。

「好啦好啦。那麼，總之我幫妳把那件泳裝一起拿回家吧。」

「啊，真的嗎？謝謝～～」

艾莉莎從姊姊手中接過塑膠袋，獨自快步走向電梯。目送她的瑪利亞看向時鐘，思考片刻之後搭乘下一部前來的電梯。然後她就這麼下到一樓，沒特別逛哪間店就走出建築物。

「唔……從這裡的話，走得到嗎？」

接著她打開地圖APP搜尋，一邊自言自語一邊沿著道路前進。目的地是來到日本之後會抽空造訪的某個場所。平常是騎腳踏車過去的那個場所，今天她徒步前往。雖然這麼說……

「哎呀？那間店去看看吧？」

瑪利亞這時候也還是轉移目光了。

看見右側小路的精品雜貨店，她晃著晃著像是被吸進去般入內。十分鐘後，她沒特別買什麼東西就走到店外……本來應該向右回到剛才的道路，卻毫不猶豫向左走，就這麼持續行走數分鐘。

「……哎呀？」

瑪利亞終於察覺自己大幅偏離了原本在走的路。她暫時停下腳步，以手機開啟地圖APP。

然後同樣毫不猶豫朝著錯誤的方向踏出腳步。是的，其實瑪利亞……是相當重度的路痴。

「唔唔～～……嗯，大概是這邊。」

平常會對親朋好友說「喜歡漫無目標在街上閒逛」，不過實際上，說她有一半單純只是迷路才正確。不過她本人不承認這一點。因為……

「哎呀？不知不覺走到了……」

瑪利亞擁有一種神奇能力，即使是重度路痴，卻不知為何還是可以確實抵達目的地。不經意看向一旁，熟悉的光景映入眼簾，略感不解的瑪利亞繼續往那個方向走。那裡是位於大公園一角，設置許多遊樂設施的廣場。

瑪利亞毫不猶豫穿過正中央，站在挖出大大小小各種洞的大型圓頂狀遊樂設施，爬上頂端。然後她當場鋪上小小的塑膠墊坐下，像是尋找什麼般環視周圍一次。

「……果然沒來嗎～～」

瑪利亞嘟嘴稍微落寞般低語，像是要掩飾這份落寞般仰望天空。

「沒關係。我會等哦？因為命運是要自己掌握的。」

瑪利亞像是說服自己般說完之後鼓起臉頰，開始靜心眺望雲朵。就這樣在夏季的炎熱陽光下靜靜等待二十分鐘。

「啊，她在！喂～～！」

聽到朝這裡呼喚的這個聲音，瑪利亞肩膀微微一顫……立刻察覺這不是「他」的聲音，隨著些許失望將視線下移，朝著遊樂設施下方一看，是認識的七個小學生。

「瑪利亞姊姊～～！」

「姊姊妳來了～～」

「再來一起玩吧！」

少年少女們仰望瑪利亞，開心展露笑靨。瑪利亞像是回應般甜甜一笑，快步跑下遊樂設施。

「好～～今天要玩什麼？姊姊我不會輸哦～～？」

瑪利亞開朗宣布之後，開始和小學生一起全力玩耍。利用整座大型公園開心玩捉迷藏，累了就在樹蔭一起玩手遊，或是和少女們閒聊女生之間的話題。玩著玩著，太陽不知何時開始西下，孩子們向瑪利亞揮手道別回家。

「再見～～」

瑪利亞揮手回應，目送到再也看不見孩子們的身影……然後轉身看向那座圓頂狀遊樂設施，臉上掛著看得出些許哀戚的笑容。看著昔日位於該處的心愛少年幻影，瑪利亞內心深處甜蜜生痛。

此時，忽然吹起一陣強風，瑪利亞連忙按住頭髮別過頭去。當她再度看向遊樂設施的時候，少年的幻影已經消失。

「……阿薩，我改天再來喔。」

稍微下垂眉角留下這句話之後，瑪利亞今天也離開回憶中的場所。

第11話 料理與推理

「暑假怎麼樣，過得開心嗎？」

「還可以吧。會長呢？」

「哎，我也差不多。不過算是度過有意義的時間吧。」

別墅二樓的男生房間。在並排的兩張床面對面坐下的兩名男生之間，進行有點假惺惺的這段對話。這裡只有兩名男生，肯定可以更深入聊各種話題，但是現在遲遲無法用心交談。這也是當然的。因為兩人……尤其是統也的注意力，有八成朝向樓下的廚房。

劍崎家別墅的寬敞廚房。五名女性正在該處進行女人的戰鬥。這麼說聽起來有點誇大，不過總歸來說是在進行料理對決。事情開端是在去程的電車上。有希提案說難得有這個機會，今天的晚餐由女生們每人準備一道料理。不只如此，因為光是這樣沒有樂趣，所以不公布誰製作哪道料理，由兩名男生選擇最好吃的一道……這個提案主要是茅咲躍躍欲試表態贊成而採用。

因此為求公平起見，兩名男生在房間等待，五名女生在廚房勤快做菜。只不過，廚房終究沒有寬敞到能讓五人同時下廚，所以肯定是分成兩組或三組依序下廚。

「啊啊～～……嗯。」

「……」

統也發出沒什麼意義的聲音，看向房門。明顯一副心神不寧的樣子。這也在所難免吧。因為不同於可以放輕鬆評價料理的政近……以統也的狀況，端上桌的其中一道料理是最愛的女友做的。沒錯，對於統也來說，重點不是哪道料理最好吃，而是哪道料理出自茅咲之手！

「那個，順便請教一下，會長……」

「嗯？」

「更科學姊親手做的料理，您吃過嗎……？」

「沒有。」

「好喔……」

規則姑且設定為只選出最好吃的一道料理，但是會被問「那麼第二好吃的呢？」這種可能性也不是零。

應該說，如果統也沒把茅咲的料理選為第一名，就非常有可能被問這個問題。如果這時候又選錯……光是想像就毛骨悚然。

以政近的立場，也不樂見這兩人的感情出現裂痕。畢竟沒人想看見湛藍美麗的海洋染成鮮紅色的光景。

「那個，恕我冒昧請教一下，更科學姊的廚藝……不好嗎？」

「這我不清楚耶？不過，既然至今沒提過這種事，應該是這樣吧……」

「話是這麼說，但是有希提案進行料理對決的時候，她非常躍躍欲試……」

「因為茅咲她啊，一聽到要比賽就會反射性地躍躍欲試。」

「啊啊……」

政近想起同樣一聽到要比賽就發揮不服輸個性的搭檔艾莉莎，點了點頭。然後他重新振作，像是鼓勵般開口。

「不過會長，這麼一來就是機會了！雖然這麼說不太對，不過您只要選擇明顯不習慣下廚的料理就好！」

「唔……聽你這麼說會覺得內心挺複雜的，不過是這樣嗎？」

統也看向天花板歪過腦袋，政近用力點頭。

「首先，綾乃的廚藝是普通水準。然後依照艾莉的說法，瑪夏小姐很會做菜。艾莉的廚藝同樣不差，有希也……雖然時常會失敗，卻不會做出難吃的料理。應該說，如果是有希與綾乃的料理，我應該吃得出來。艾莉的料理也是……她切菜的時候習慣特別切得一絲不苟，說不定我一看就認得出來。」

「喔，喔喔，這樣啊……話說，原來你吃過她們三人做的菜嗎？」

「呃，畢竟有希與綾乃是我的兒時玩伴，艾莉的話，之前發生過一些事……」

政近有點尷尬般含糊其詞，輕咳一聲之後繼續說。

「所以……關於她們三人，我知道之後會打暗號給您。只要知道這三人，再來就是更科學姊與瑪夏小姐二選一。即使第一次的時候猜錯，應該也可以補救吧？」

「喔，喔喔，久世你真可靠。」

「……不過問題在於有希或綾乃做出標新立異的料理該怎麼辦。」

統也像是看見希望般露出笑容，政近壓低音調說出內心的擔憂。是的，因為這場料理比賽的發起人是有希。她可能會判斷一如往常做菜的話會被政近看穿，因而端出至今沒做過的料理。而且聽命於有希的綾乃也可能跟著這麼做。

「……是你想太多吧？在自己提案的比賽，她不會刻意製作不熟練的料理吧？」

「但願如此……」

統也的意見很中肯。然而政近知道，那個妹妹是比起自己獲勝，更重視如何讓比賽變得有趣的人種。

「這麼說來……我記得在電視上聽過，俄羅斯人非常喜歡美乃滋。」

「嗯？那是什麼情報？」

統也像是搜尋記憶般看著斜上方這麼說，政近歪過腦袋。

「哦，聽說俄羅斯人無論是哪種料理都會加入美乃滋。如果是這樣的話，我覺得應該可以成為分辨九条姊妹料理的線索。」

「無論是哪種料理都會加入美乃滋……不是加酸奶油嗎？不，我沒聽過這種事，而且去過俄羅斯的祖父也沒這麼說過……」

「即使給遊客吃的料理不是這樣，家常料理也可能會這麼做吧？」

「唔～～不知道電視上的情報可以相信到什麼程度……而且雖然統稱為俄羅斯，但是土地很遼闊。即使在日本，關東與關西的飲食文化也大不相同，在那麼大的國家更有可能是這樣吧？」

「唔……這樣啊。聽你這麼說就覺得，雖然有人說『日本人喜歡醬油』就無法否認，但如果有人問日本人是否吃什麼都會加醬油，那可就錯了……」

「說得也是。啊，無論如何，我認為這個情報不太可靠吧？……哎，假設到時候端出加滿美乃滋的料理就另當別論了。」

「啊，加滿美乃滋的料理，我單純就是不想吃。」

統也露出苦笑，政近也稍微發笑。笑完之後，政近目不轉睛注視房門，然後瞥向統也的臉。

「……要去看一下狀況嗎？」

「看狀況？可是她們禁止我們進入廚房——」

「只是去上廁所喔。光是從洩漏出來的說話聲與聲響，或許就能獲得線索吧？」

「原來如此，是這麼回事啊。」

兩人相互點頭，下意識一起彎著腰走出房間。然後以慎重過度的動作下樓，將聽覺集中在通往廚房與客廳的門後，隨即隱約聽到像是在調理的聲音。

以固定節奏傳來的敲擊聲應該是菜刀聲。也聽得到滋滋……像是以平底鍋煎東西的聲音。此時傳來瑪利亞的聲音，兩人停下腳步豎起耳朵。

「好香～～……蔬菜愈炒就會變得愈好吃對吧～～」

「說得也是。」

「愈操愈好吃……？原來如此。」

瑪利亞說完，綾乃與茅咲出聲回應，然後不知為何發出咚嘶咚嘶的沉重聲響。這個無法理解的聲音令政近與統也歪過腦袋時，從廚房傳出的聲音突然全部消失。停頓片刻之後……

咻鏗——…………

廚房響起頗為舒暢的金屬聲響。接著是如同捨不得這股餘韻的寂靜。經過數秒之後，調理聲就像是ＢＧＭ淡入般逐漸回復。

「（……茅咲大概是斬了什麼東西吧。）」

「（……料理的時候，會加入那種像是必殺絕招的特效嗎？）」

統也與政近在階梯途中一起看向遠方。此時再度傳來綾乃的聲音。

「其實燙一下比較好。」

「嗆一下……？……這種程度就被砍斷，太軟弱了吧？撐久一點好嗎？哈哈這個雜碎，你這個雜碎～」

「茅咲……？為什麼要罵蔬菜？」

……不知道是怎麼回事，光是聽聲音就已經覺得一片混沌。主要是茅咲的調理。轉頭一看，統也視線已經完全聚焦在遠方。政近也非常明白這種感覺。

（……別在意。）

政近就這麼默默懷著同情之意，將手放在統也肩膀。接著，統也露出像是達觀的眼神轉身面向階梯上方，高大的身體就這麼彎著腰回到房間。

目送他的背影之後，政近為了編造「只是去上廁所」這個藉口，準備實際前往廁所……但是在站起來的時候，察覺艾莉莎在階梯旁邊以冰冷的眼神仰望這裡。

「……」

「……」

兩人默默相互凝視。視線相對數秒之後，政近慢慢走下階梯，隨即大步走向艾莉莎抓住她的雙臂。

「好了好了好了好了好了……」

然後，政近像是安撫般輕聲說著將艾莉莎帶離客廳，以莫名正經的表情說。

「這是誤會哦？」

「為什麼啊，沒有任何誤會吧？話說，不要隨便摸我啦！」

裸露的上臂被抓住，艾莉莎露出厭惡表情，一巴掌拍向政近手腕。

「唔喔，失禮了。」

政近腦中一角心想「上次不是以俄語說過【你可以摸】……」同時迅速放開手。接著，艾莉莎撫摸剛才被抓住的手臂，有點不悅般低語。

【對我不要這麼野蠻啦。】

「對不起！」

對此，政近只能率直道歉，同時抱著「如果維持紳士態度就可以摸嗎？」這個疑問低下頭……艾莉莎的雄偉雙峰自然而然映入眼簾。

（嗯。不過啊，剛才我粗魯摸到更不得了的部位耶？）

腦海不禁掠過這個念頭，同時也浮現「啊，她現在確實有穿內衣吧」的想法。

「差勁……」

艾莉莎似乎察覺政近這種想法，打從心底抗拒般扭曲臉頰，朝政近投以輕蔑的視線。她以雙手遮住胸部稍微後退，以充滿厭惡感的聲音責罵。

「不只是伸出鹹豬手還偷聽，根本沒救了……」

「不不不，妳說『鹹豬手』太難聽了吧？」

「哼，不否定偷聽是吧？」

「不，總之這個嘛……」

政近有點結巴之後，輕聲嘆氣決定說實話。

「先不提我，會長要是沒猜到更科學姊的料理會很不妙吧？所以我只是想要稍微偵察一下……」

「是喔？」

大概是多少接受政近的解釋，艾莉莎從胸口放開雙手，揚起單邊眉毛。

「總之，我知道你想說什麼……不過要是在認真的比賽被評審偏袒，更科學姊也不會高興吧？」

「唔，嗯。這個嘛，哎……」

「說起來，就算是輸了，只要努力在下次以實力獲選就好吧？如果在這時候被偏袒，得到和實力不符的評價，就會失去成長的機會。」

「唔～～說得一點都沒錯……」

艾莉莎的說法非常中肯，政近不禁低聲認同。不過，這次畢竟是這種場合，大家難得出來旅行，會害得心情消沉的事態還是避免一下比較好吧……政近沒說出這個想法，就這麼咧嘴露出笑容。

「哎，放心吧。我會公平進行評價。即使知道是妳做的料理，我的評價也不會因而改變。」

看見政近的笑容，艾莉莎也露出挑釁的笑容。

「哎呀，自以為看得出我的料理嗎？明明只吃過兩次？」

「或許可以哦？因為我藉此多少知道妳的做菜習慣了。」

「是嗎～～？」

艾莉莎揚起單邊眉毛，以一副「做得到就做給我看吧」的態度發笑，對此，政近也以高傲的笑容回應。

回過神來，總覺得政近也變得必須要看出搭檔做的料理了。然而他原本就背負著要看出茅咲料理的使命。即使增加為兩人也沒什麼不同。

（不過，我有點熱血沸騰了……這時候就正確猜出哪一道是誰做的菜，展現優秀的一面吧。）

政近脫離料理比賽的主旨，幹勁逐漸高漲。艾莉莎見狀微微聳肩。

「哎，算了。用不著強調，即使你知道我的料理是哪一道，也沒必要偏袒哦？」

「收到。那麼，我拭目以待。」

政近說完背對艾莉莎，準備回到二樓──

【我會讓你選我。】

（唔，嗯唔！選「妳的料理」對吧？）

……的時候，背後傳來像是肉食系女生「宣布要讓你愛上我」的這句俄語，腳步稍微踉蹌。

◇

「那麼會長、政近同學，請用。」

一小時後，統也與政近坐在桌前，有希代表眾人這麼說。然後，包括有希的女生們至此不再說話。

看來在男生品嚐的時候，她們打算堅持不說話也不做任何反應，不給任何提示讓兩人猜出哪一道是誰的料理。

「「……我開動了。」」

五名女生默默在對面注視這裡。在這股異常的氣氛下，統也與政近合起雙手，然後欣賞桌上排列的料理。

（總之……看來沒有加滿美乃滋的料理。）

不只如此，其中也沒有看起來明顯失敗的料理。明明剛才調理的時候聽到那麼混沌的聲音。

（太好了……沒有端出漫畫會出現的那種一定要打碼的詭異料理。）

但是另一方面，也沒有光看外表就立刻知道是誰做的料理……如果以乍看的感覺列舉料理名稱，那麼從左邊依序是炒飯、炸雞塊、水餃、漢堡排以及……神祕的湯。

（那一道是什麼？）

不只是政近，統也同樣被最右邊的料理奪走目光。

裝了滿滿一大碗的紅黑色湯品。旁邊搭配切好的法國麵包，看來是要用麵包蘸湯吃。湯裡有切成小塊的番茄，這應該是紅色的來源……但是實際上不得而知。而且好像還浮著切成薄片的檸檬。

（有檸檬的話是冷湯嗎？不，有在冒蒸氣吧……話說，番茄加檸檬不是會很酸嗎……嗯，我不太敢一開始就吃那道。）

同時做出這個結論，政近和統也視線相對，稍微交流意見。統也將裝在大盤子裡的炸雞塊拉過來，分裝在小盤子上。

（看起來很正常……配菜是生菜與洋蔥嗎？哎，炸雞塊很難表現出特徵。）

看起來感覺很好吃，不過如果目的是要辨別茅咲……或者是艾莉莎做的料理，缺乏特徵是一種負面要素。

（哎，總之先吃吃看嗎……）

首先試著只吃一口炸雞塊。咬下炸得酥脆的麵衣，隨著醬油與大蒜的風味，雞肉的美味頓時在口腔擴散。

「嗯……好吃。」

「啊啊，很好吃。」

兩人自然而然一起說出這個感想，同時迅速觀察女生們的反應……可惜女生們堅持不做反應。

（哎，不會這麼輕易穿幫嗎……哦，可是這個很好吃耶。）

接著和洋蔥一起用生菜包起來吃，這樣也好吃。炸雞塊的調味偏重又紮實，所以和蔬菜也是絕配。

（總之，這個味道本身應該是使用現成的炸雞塊調味料……不過炸的食物要炸得酥脆其實難度很高。做這道的人廚藝應該很好吧？）

雖然忍不住想伸出筷子夾第二甚至第三塊，但還是克制下來改吃下一道料理。統也接著拿來的是左邊裝炒飯的大盤子。

（配料是……蛋、蔥、高麗菜、魚板……沒放肉嗎？真樸素的炒飯。）

不過現在好歹是料理比賽，既然端出這麼樸素的炒飯，或許是抱持相當的自信。

（這個或許有點值得期待。）

政近懷著些許期待感，將分裝到小盤子的炒飯送入口中。結果是……

（嗯，算是好吃……不過，味道好淡……）

老實說，期待有點落空。大概也因為剛才吃了重口味的炸雞塊，不過味道還是很淡。說好聽一點是高雅的味道，然而對於平常在家裡愛吃蒜香炒飯的政近來說有點缺憾。

（總之，可以一直吃不膩或許是優點……不過好想配上蘿蔔乾之類的。）

雖然內心這麼想，但只是因為這並非政近喜歡的炒飯，實際上絕對不難吃，所以政近決定簡單說一句「好吃」。女生們果然沒有反應。

接著統也拿的是裝水餃的盤子。沒什麼特別的配菜，盤子裡只有水餃，以及大約將水餃泡到七分滿的湯。說到特徵，頂多就是水餃邊緣沒捏花吧。

（依照剛才偷聽的感覺，更科學姊使用了蔬菜做料理。從這一點來想，這應該不是更科學姊做的。）

政近如此心想，將一顆水餃送入口中……

「嗯……？」

預料之外的餡料，令他忍不住驚叫出聲。

（這……這個，不是絞肉……是馬鈴薯泥！）

湯喝起來有高湯味，就某方面來說也令人意外，不過水餃本身的味道完全出乎預料。沒有原本預料的肉味，馬鈴薯泥吸飽湯汁的淡淡甜味輕撫舌尖。

（真的假的……不，可是這是另一種美味。）

政近以視線和統也分享吃驚心情，由衷說出「好吃」。然而這麼一來，「這不是茅咲做的料理」這個推理動搖了。

不，如果製作時要把馬鈴薯切碎搗成泥，反倒能說明調理時為何發出「咚嘶咚嘶」這種無法理解的聲音。

（傷腦筋……比想像的還難猜耶？倒不如艾莉或是瑪夏小姐做出明顯好認的俄式料理該有多好……）

這一瞬間，政近腦中閃過神諭般的靈感。

（難……難道這是……原來如此！）

由於看起來太像普通的水餃，所以一直之間沒察覺。但是恐怕沒錯。這不是日式的水餃……

（是俄式料理的……俄國餃子（пельмень）！）

這是在日本也很有名的俄式料理之一。政近自己只當成知識收在腦中，沒有實際吃過。不過，因為這是俄式料理的可能性掠過腦海，所以他能夠察覺。

（記得爺爺說過，俄國餃子可以包入各種餡料……原來如此，這就是……）

也就是說，這道十之八九是艾莉莎或瑪利亞的料理。味道本身也是政近完全沒吃過的味道，所以終究不可能是有希或綾乃。

（這樣的話……或許意外行得通？）

或許可以正如自己的宣言看穿艾莉莎的料理，這份希望加上首次吃到疑似是俄國餃子的這道料理，使得政近興奮起來。不過，看見統也接著伸手拿的料理，政近覺得興奮的心情像是被潑了冷水。

（喔嗚……在這時候吃嗎……）

統也拿過來的是右邊的神祕湯品。湯裡有番茄與培根，此外隱約看得見切成絲的蔬菜……

（浮在表面的綠色粉末是……羅勒嗎？不，我真的無法想像味道……）

政近頻頻端詳舀到碗裡的湯，總之把搭配的法國麵包放在一旁，先試喝一口湯。

「！」

這一瞬間，政近受到震撼。旁邊的統也同樣吃驚瞪大雙眼。味道就是這麼出乎預料。一言以蔽之就是……

「是啊……」

「這是披薩吧……」

接著再吃一口。在口腔擴散的果然是披薩……瑪格麗特披薩的味道。

（披薩味道的湯……不，真的是神祕的湯品。）

不過，很好喝。這個很好喝。這次政近拿起一塊法國麵包蘸湯吃。

「這也很好吃……」

每次咬下麵包，滲入法國麵包偏大氣孔的湯就從內部滲出。湯裡偏重的酸味和麵包的甜味融合，發揮出一加一大於二的美味。

（這一道真厲害……慢著，咦？難道這也……？）

政近腦海忽然浮現一個知識。俄羅斯人午餐會吃麵包與湯。說起來，聽說俄式料理真的有許多種類的湯品。想到這也是其中一種，就覺得確實說得通。然而……

（這是晚餐……而且記得俄式麵包是黑麵包……）

假設這道湯品是俄式料理，身為當地人的艾莉莎與瑪利亞，會在晚餐端出這種組合嗎？反倒認定是只查過食譜一知半解的某人，為了擾亂判斷而做出這道料理才比較自然吧……

（嗯……總之，吃過最後一道料理再說吧。）

推理到這裡，政近保留最後的判斷，換吃下一道料理。

留到最後的料理，是放上白蘿蔔泥再淋上芡汁的和風漢堡排。配菜是香菇、綠花椰菜與甜椒。一塊漢堡排的體積很大，所以對半切開和統也分食。

（這道也和炸雞塊一樣，看起來沒什麼特徵……）

裡面也沒有加入起司，是普通的漢堡排。試吃一口就發現這也是正統的美味。

「平常都是配多蜜醬或是番茄醬，但是和風醬也很好吃。」

吸滿芡汁的白蘿蔔泥很甜，和漢堡排意外相配。漢堡排本身正如外表所見是不好也不壞的感覺，然而這種組合對於政近來說是嶄新的美味。

（不過，若問這是誰做的……）

由於沒吃過，所以政近無法確信。還在苦惱的時候就把分配到的分吃完，政近放下筷子。

「好啦，那麼進入評審階段吧？」

在統也也吃完的時間點，有希愉快般出聲這麼說。命運的一刻終於到來……但是政近還沒確定哪一道是茅咲的料理。

（唯一絕對不是的，我認為是俄國餃子……那一道應該是艾莉或瑪夏小姐做的。此外，那道神祕的湯品感覺也很像……但也無法完全排除是有希的可能性……）

無論如何，這兩道是茅咲料理的可能性很低。政近也在桌子下方打暗號，將這些推理傳給統也。

然而這麼一來，剩下的就是炸雞塊、漢堡排與炒飯，世間男生大多會喜歡的這三道料理。不只如此，這三道料理的完成度沒有太大的差距。不過以政近的喜好來說，炒飯略遜一籌……

（口味這麼清淡，不知道是不小心還是故意的。結論會依照答案大不相同……）

如果是前者，就很可能是茅咲做的。不過如果是後者……

「……好，我決定了。」

統也在沉思的政近身旁這麼說，政近在吃驚的同時看向他。政近還沒將選項刪減到剩下一個，然而統也以下定決心的眼神筆直看著前方，果斷說出答案。

「我覺得，炸雞塊是最好吃的一道。」

剎那的寂靜。不像是剎那之間的緊張。然後——

「成功了！」

下一瞬間，茅咲發出充滿喜悅的聲音。她從椅子跳起來，朝著天花板高舉拳頭。

政近還沒回答，茅咲就表明這道是她的料理，其他女生們即使有點為難般下垂眉角，還是紛紛開口祝福。

「茅咲，恭喜妳。」

「恭喜。果然是情侶，天作之合。」

「恭喜您。」

「太好了。恭喜學姊。」

政近和女生們一起鼓掌，基於另一個意義露出苦笑。

（什麼嘛，到頭來根本不需要我給建議吧……哈哈，真是敗給您了。）

該怎麼說……基於和用餐不同的意義，政近覺得飽到不行。

「討厭，討厭啦，統也真是的～～這麼好吃嗎？」

「啊啊，真的，很好吃，哦？」

「這樣啊……不枉費我只拚命練習炸雞塊。」

「嗯？『只』？」

「嘻嘻，既然這麼好吃……今後我也時常做給你吃吧？」

「喔，喔喔，我會，很開心耶？」

喜形於色的茅咲不斷拍打統也背部，拍打的衝擊使得某種東西倒流，統也拚命將其吞回肚子裡並且這麼回應。

看起來無比幸福的情侶當前，政近眼神變得好溫馨……順帶一提，在不久之後的將來，統也幾乎每天都會從茅咲那裡拿到只有白飯、炸雞塊與生菜，就某方面來說登峰造極的炸雞塊便當……不過這又是另一個故事了。

「那麼重新打起精神，政近同學的判定呢？」

「嗯？啊啊……」

在有希催促之下，政近重新面向前方。愉快般掛著淑女笑容的有希。面無表情的綾乃。掛著軟綿綿笑容的瑪利亞。像是在說「我沒興趣啊？」露出滿不在乎的表情，眼神卻很認真的艾莉莎。

在四人不同的視線注視之下，政近開口了——

「我覺得那道湯品很好吃。」

他老實說出自己的感想。接著……

「哎呀真的嗎？成功了～～」

瑪利亞露出有點意外的表情，然後合起雙手開心大喊。同時，艾莉莎眉心出現皺紋的模樣映入政近眼簾……但是只有這一點無從轉圜。因為正如艾莉莎先前所說，這是一場認真的比賽。

「原來是瑪夏小姐的料理嗎？嗯，真的很好吃。是我至今沒吃過的味道……這是俄式料理嗎？」

「沒錯～～叫做雜拌湯（Солянка）。」

「雜拌湯……嗯，這我沒聽過。」

「唔～～……」

聽到政近這麼說，瑪利亞稍做思索般將食指抵在下巴，歪過腦袋開口。

「如果羅宋湯是俄式味噌湯，那麼雜拌湯感覺就像是俄式豬肉味噌湯？」

「真的嗎？豬肉味噌湯？妳說這個？」

「因為，真的就是這種感覺啊～～」

瑪利亞上下揮動拳頭，總覺得像是很著急般這麼說。政近對此露出苦笑時，有希再度發問。

「順便問一下，剩下的料理你知道分別是誰做的嗎？」

這個問題相當壞心眼，但是政近充滿自信咧嘴笑著回應。他原本就想查明所有人的料理，在確定其中兩道的現在，政近已經得到確信。

「首先，這盤炒飯是綾乃吧？」

政近指向炒飯，看著綾乃這麼說，綾乃隨即看向下方點頭。

「是的，一點都沒錯。」

「我想也是。別人做的是口味很重的配菜，所以妳刻意把口味調淡吧？」

「是的……在下認為，做成可以和其他料理一起吃比較好。」

「哈哈哈，明明姑且是比賽，卻以吃的人為第一優先，很像妳的作風。」

政近說完溫柔一笑，綾乃隨即有點害羞般搖晃肩膀。政近見狀愈來愈加深笑容，接著指向漢堡排。

「然後，這是有希。」

「……猜對了。真是了不起。」

「哎，這次妳應該是真的想贏吧。不過看來稍微施了障眼法，對吧？」

料理本身做得很實在，而且改變調味避免被認出是自己的料理，這一點深得政近的心。不過有希只掛著佯裝不知的表情謊稱「因為是夏天，所以這次試著調整成清爽的口味。」

「所以……這是艾莉。」

政近準備周全，得意洋洋笑著指向留到最後的水餃。

「……猜對了。」

接著，艾莉莎像是不滿又有點開心，露出相當微妙的表情點頭。大概是很高興政近真的看得出她的料理，同時因為完全被看透而懷抱複雜的情感吧。

（不，總之多虧剛才得知那道神祕湯品……雜拌湯？是瑪夏小姐做的，我才能百分百確定啊？）

政近在內心苦笑，但是不知道這個隱情的純真綾乃率直稱讚。

「政近大人，在下有眼無珠。原來您在味覺這方面也擁有出色的才能。」

「嗯？沒有啦，是因為艾莉的很好認。」

綾乃的閃亮眼神令政近心情不錯，哼聲露出得意笑容看向艾莉莎。

「剛開始我以為是水餃……不過吃過就知道了。這是俄國餃子吧？」

政近稍微露出跩臉咧嘴一笑，盡情表現自己是能辨識差異的男人。對此，艾莉莎稍微皺眉……

「是烏克蘭餃子（вареники）。」

「那是什麼？」

客廳出現一股尷尬到嚇人的氣氛。

第12話 戀人與主人

「那麼開始吧！」

在劍崎家別墅進行的學生會集訓，第一天夜晚。三名一年級女生入住的房間裡，身穿睡衣坐在床邊的有希愉快高喊。對此，同樣穿著睡衣的艾莉莎略顯猶豫開口。

「可以嗎……在床上做這種事……」

艾莉莎像是受到良心譴責般，稍微歪過腦袋。她視線前方是擺在床鋪邊桌的飲料與零食。床沒有大到能讓三人一起圍坐，所以分坐在兩張床，把飲料與零食擺在中間……不過以艾莉莎的正經個性，似乎對於坐在床上飲食有所抗拒。

「好了好了，只要小心別掉出碎屑就沒問題吧。」

不過，隔著邊桌坐在艾莉莎正對面的有希像是安撫般這麼說，同時將巧克力碎片餅乾送入口中。坐在她身旁的綾乃，也拿起單個包裝的迷你甜甜圈，一口吃進嘴裡以免掉屑。不知為何沒發出打開包裝的聲音。順帶一提，不同於有希與艾莉莎，綾乃穿的是連身睡裙。說到為什麼穿睡裙，理由當然在於下半身必須是裙子，否則在緊急時刻無法迅速取出武器。緊急時刻什麼時候會來臨就不得而知。

「唔……嗯。總之，事後再打掃就沒問題……嗎？」

看著對面享用零食的兩人，艾莉莎似乎也在內心妥協了。她稍微探出上半身，將一顆巧克力送入口中後笑逐顏開。有希見狀露出笑嘻嘻的表情。

「呵呵呵，就是這樣喔，艾莉同學。晚上就寢前，不用在意熱量問題，盡情享受各種零食與飲料。這正是睡衣派對的樂趣所在！」

聽到有希說出「熱量」這兩個字，艾莉莎的手瞬間停止。但是看見綾乃毫不在意般默默將迷你甜甜圈送入口中，再看向她的肚子，於是艾莉莎默默思考數秒後，再度伸手拿巧克力。

……冷靜想想，看綾乃現在的肚子也完全無法參考。現在在這裡攝取的熱量是在明天以後造成影響，但是艾莉莎不去正視這個事實。

「……總之，當成餐後的甜點就好……何況今天在海邊的運動量很大。」

艾莉莎辯解般低語，將巧克力送入口中。看見這一幕，有希露出像是樂見人類墮落的惡魔笑容。不過艾莉莎一揚起視線，這張笑容就瞬間收回。

「說得也是。剛才只顧著料理比賽，沒準備甜點是敗筆。」

「呵呵……既然這麼說，舉辦甜點對決當成第二回合或許也不錯。」

「啊啊，這點子不錯……喔，對了。」

此時有希露出想起某件事的表情，拿起杯子稍微舉起。

「畢竟到最後輸給了學姊們……我們來乾杯當成安慰獎吧？」

「這是怎樣？」

即使對於有希的提案露出苦笑，艾莉莎還是拿起杯子。確認綾乃也靜靜拿著杯子之後，有希帶頭開口。

「那麼，就當成是安慰獎……政近同學大笨蛋～～！」

「咦？唔，呵呵，笨蛋～～！」

「嗯？……乾，乾杯？」

瞬間被有希這聲吆喝嚇到的艾莉莎，也立刻愉快笑著一起喊，目瞪口呆的綾乃則是有所顧慮般舉起杯子。雖然對於政近來說完全是躺著也中槍，不過總之有希與艾莉莎之間的氣氛緩和了。

「真是的，政近同學這樣不行耶～～瑪夏學姊的料理確實很好吃，但我希望他更好好稱讚我們的料理說『這幾道也很好』。」

「是啊。而且還一臉跩樣說錯料理名稱？」

「啊啊，那樣很丟臉對吧～～」

兩人相視發出清脆的笑聲。綾乃知道在場的三人都不是當真這麼說，不過雖然是開玩笑，聽到主人被說壞話，她還是有點為難般不太自在。看到這樣的綾乃，有希掛著笑容試探她。

「綾乃也是，如果對政近同學有什麼意見都可以說哦？」

「咦？不，沒什麼意見……政近大人真的是很溫柔又出色的一位先生……」

「……溫柔？出色？」

看見綾乃縮著肩膀這麼說，艾莉莎像是打從心底無法理解般皺眉，然後回憶政近對她的言行舉止。腦海浮現的是政近動不動就捉弄她、消遣她的胡鬧模樣。

「……但我覺得他非常壞心眼耶？」

腦海浮現的這些回憶令艾莉莎有點火大，輕聲這麼說。不過綾乃像是無法理解般反覆眨眼，歪過腦袋。

「……壞心眼？是說政近大人嗎？」

「是……是的，總覺得他動不動就會捉弄我……」

面對綾乃純真的疑問視線，艾莉莎有點畏縮卻還是這麼回答。不過綾乃就只是詫異般歪過腦袋。此時有希笑著出面打圓場。

「呵呵，因為綾乃即使被捉弄，也會一臉正經反問『這是怎麼回事？』這樣。相對的，艾莉同學個性認真而且反應很好，所以政近同學也覺得捉弄妳很有趣吧。」

「是這麼一回事嗎？」

「但我一點都不高興……」

「好了好了，應該是那樣吧？妳想想，這是愈喜歡對方就愈想惡作劇的心態。」

「是……嗎？」

聽到有希這麼說，艾莉莎眉頭上揚，突然露出一派正經的表情。

「哎，說得也是？也可能是這樣？或許吧——」

然後，她頻頻玩弄髮梢說到這裡時……腦中浮現自己捉弄政近的模樣。

「不，沒這回事。絕對不可能是這樣。」

艾莉莎立刻推翻剛才的發言，露出掃興的表情放開頭髮。

「咦，怎麼了？」

「沒事啊？是的，那是以眼還眼以牙還牙的那種，不是這個意思。」

「？」

看到有希似乎跟不上話題，艾莉莎輕咳一聲。

「說起來，我無法理解想要捉弄心上人的這種心態。」

「這……應該是希望對方理會吧？妳想想，男生不是經常那麼做嗎？會對喜歡的女生找麻煩。艾莉同學不也遇過這種事嗎？」

「啊啊……沒錯。但我大多無視就是了。做出對方覺得困擾的事，以為這樣會讓對方喜歡嗎？」

艾莉莎說出毫不留情的感想哼了一聲。有希稍微露出苦笑。

「哎，因為男生不管到了幾歲都有幼稚的一面。」

「真的是這樣。成為高中生還是一點都不穩重，老是在做蠢事。」

「呵呵呵，不過，看著男生們做蠢事，有時候也會覺得他們好像很快樂吧？」

「只要不造成周圍的困擾，我也覺得這是他們的自由啊？不過，在學校打開漫畫雜誌之類的，我就不以為然了。」

「啊啊，違反校規確實不是好事。但我覺得漫畫這種程度的話還算可愛。」

「普通的漫畫還好啊？可是，也會看著雜誌的寫真照笑得色瞇瞇耶？這種事我真的希望不要做……」

「唔，嗯～～身為女性確實會不知道該怎麼反應……說到不知道該怎麼反應，像是在教室討論誰可愛或是胸部很大，聽到他們在聊女生會很困擾對吧……而且就算小聲說也正常聽得到。」

「我懂……而且仔細聽會發現是在聊二次元的女生，真的很掃興。」

「……？說得……也是。像是正在流行的動畫之類的，時常會因為喜歡哪個角色而爆發爭論對吧？」

「沒錯沒錯。明明終究是虛構角色啊？說真的，為什麼會沉迷成那樣呢？轉蛋的時候，心情也會因為是否抽到喜歡的角色而大起大落……」

「嗯～～？……正因為是虛構又理想的角色才會沉迷吧？」

像這樣一問一答的同時，有希覺得自己內心的某個疑問逐漸變大。她的疑問……

（咦？這是關於男生的普遍論點吧？是我多心嗎？艾莉同學好像從剛才就只在說哥哥的事……）

就是這麼回事。有希試著提出稍微偏向這方面的話題。

「說到男生，像是在打掃時間完全不積極幫忙對吧？」

「沒錯。雖然會盡到自己的本分，卻完全不會多做一點。」

（這是在說哥哥嗎？）

「像是上完體育課之後，會在課堂上睡覺對吧？」

「沒錯。不過平常看起來就總是一副很睏的樣子。」

（這是在說哥哥吧？）

「還有，在學校也會正常玩手機遊戲對吧？」

「沒錯。還說出『上課之前玩就沒違反校規吧』這種歪理。」

（嗯，這是在說哥哥。）

明明在聊男生整體的話題，艾莉莎卻明顯只說政近的事。莫名恐怖的這段對話使得有希臉頰僵硬。

（咦～～？很奇怪耶～～？在艾莉同學的世界裡，男生就只有哥哥一個人嗎？她是被幽禁在塔裡和外界隔絕的公主大人嗎？）

如果艾莉莎是意識到政近而刻意這麼說，那你們還是快點結婚吧。如果是下意識這麼說，就代表艾莉莎對其他男生完全沒興趣……無論如何，有希總覺得不該提及，所以靜靜移開視線，看向身旁的綾乃。

「話說綾乃，妳是不是從剛才就一直在吃甜甜圈？」

「咦，啊……說得也是。」

不知何時，綾乃已經打開一袋新的迷你甜甜圈，整袋抱在肚子上。上午採買的時候之所以買兩袋，該不會是想要自己一個人吃掉一整袋吧。

「包括上次遊樂園的吉拿棒……妳這麼愛吃油炸的零食嗎？」

「是……是的……」

「不，我並不是在罵妳。」

綾乃即使像是愧疚般縮起肩膀，也絕對不放開袋子。這副模樣令有希露出苦笑，看向艾莉莎。

「艾莉同學，妳愛吃哪種零食？」

「我？這個嘛……基本上就是巧克力之類的？不過只要是甜的都喜歡。」

「哎呀，原來艾莉同學是螞蟻人。」

「是這麼說的嗎？不過，辣的也……」

艾莉莎結巴說完，以耐人尋味的視線看向綾乃。對此，綾乃也別有含意般眨了眨眼。有希不知道這些視線的意義，卻從相互注視的兩人之間感覺到某種情誼，稍微歪過腦袋。

（這是……友情？不，真要說的話像是戰友……嗯，這是怎樣？）

在腦中自我吐槽的有希忽然在意一件事，詢問兩人。

「……這麼說來，艾莉同學還是以『君嶋同學』稱呼綾乃對吧？」

「咦？哎，沒錯。」

「而且綾乃也是以『艾莉莎大人』稱呼。」

「這……是的。」

兩人有點困惑般視線相對，有希這次感覺到的氣氛，就像是關係遲遲沒進展的溝通障礙情侶。

（這兩人是怎樣，這麼麻煩嗎？）

即使內心這麼想，有希還是露出純真笑容，「啪」一聲合起雙手。

「明明住在同一個房間，這樣是不是有點太見外了？我認為這時候應該以名字相互稱呼，而且不加『大人』。」

「咦……？唔，嗯。我沒問題啊？」

「在下也是……只要艾莉莎大人不會在意。」

（所以我才說妳們是急死人的情侶了。）

有希在內心賞白眼吐槽，她面前的艾莉莎與綾乃像是在觀察彼此般視線相對。然後，艾莉莎終於小心翼翼開口。

「呃，那麼……綾乃……同學？」

「啊，是。艾莉莎同……學。」

（這段互動太青澀了，百合朵朵開。）

意外像是剛交往百合情侶的這種互動，使得有希的阿宅腦順利運作。

（嗯，是艾莉×綾乃？還是綾乃×艾莉？感覺兩種都可以吧……應該說，我也想加入。夾在百合中間的男生會被殺，不過夾在百合中間的是女生就能被原諒吧？還是說乾脆也把最喜歡艾莉同學的瑪夏學姊拉進來？）

「嗯？有希同學？」

「啊，那個……」

正在妄想百合場面時被艾莉莎投以疑惑視線，有希說出臨時想到的問題。

「這麼說來，艾莉同學，妳為什麼那麼堅定拒絕和瑪夏學姊同房？」

雖然是完全被腦中的百合妄想影響而逼不得已改變話題，但是艾莉莎看起來沒特別在意，板起臉回答。

「……因為會被當成抱枕。」

「咦？」

「……瑪夏睡覺的時候，總是會抱著一個很大的抱枕……應該說布偶？不過外出旅行沒得抱的時候，會睡昏頭找附近合適的東西代替抱枕……至今全家出遊的時候，尤其在旅館，她經常會鑽進我的被窩……」

「哎呀……那麼，或許現在是更科學姊被當成抱枕吧？」

有希半開玩笑說完，想像這幅光景的艾莉莎輕聲一笑。

「有可能。不過更科學姊應該會用盡全力趕她走吧。」

「呵呵呵，說得也是。說不定會被踢下床。」

「這樣不錯。如果她能受到教訓，再也不把別人當成抱枕就好了。」

有希和艾莉莎一起笑，同時心想「瑪夏學姊的抱枕？我反而想自願」。看來一度在腦中綻放的百合遲遲沒凋謝。

後來，因為改變稱呼方式而感覺稍微縮短距離的艾莉莎與綾乃逐漸開始對話，慢慢的，三人變得可以正常進行女孩之間的談心了。

（差不多了嗎……）

有希抓準時機，在一個話題結束的時間點合起雙手。

「那麼，差不多就進入正題吧。」

「正題？」

「？」

「兩位不知道嗎？說到睡衣派對的正題，當然就是戀愛話題吧！」

「……是嗎？」

有希愉快這麼宣布，不過或許該說果然，艾莉莎的反應很遲鈍。看到艾莉莎明顯一副興趣缺缺的態度……有希像是把握機會般發出歡樂的聲音。

「我有一個夢想！就是把朋友聚集起來，盡情暢聊戀愛話題！」

「！」

有希所說的「朋友」兩字，使得艾莉莎眉頭一顫。然後，原本興趣缺缺的表情為之一變，改成內心暗喜的表情移開視線，慢慢將頭髮撥到身後。

「唔，嗯～～？是嗎？既然這樣……那就來聊吧？戀愛話題。」

這一瞬間，有希露出像是聽得見「真好騙」這句心聲的漆黑笑容。但也因為只有一瞬間，所以移開視線的艾莉莎沒察覺。

「那麼首先……從理想的男性形象說起吧。順帶先說明一下，我的理想類型是善解人意的溫柔男性。綾乃呢？」

「在下的話……我想想。會主動帶領我前進的男性，應該是理想的類型吧？」

「啊啊，因為綾乃的自我主張不算強……艾莉呢？」

「總是勤於努力提升自己，正經又值得尊敬的人。」

「是喔～～」

艾莉莎在這種話題立刻回答，有希對此頗為吃驚，同時對她的回答感到疑問，稍微歪過腦袋。

「……換句話說，妳喜歡和自己很像的人嗎？」

「總之，是這樣沒錯。價值觀相同不是很重要的事嗎？」

「話是這麼說啦……可是，如果有人是妳這種性格，感覺可以成為很好的對手，卻不會冒出戀愛情感……」

「咦？」

「不，以妳的狀況，我覺得雖然會和這名男性相互認同並且競爭，卻應該不會攜手同行……」

對於有希的論點，艾莉莎打從心底吃驚般睜大雙眼，慢慢將手抵在下顎，就這麼以嚴肅表情玩味有希的話語數秒，然後深深點頭。

「……聽妳這麼說就覺得確實可能這樣。這麼一來應該改成……具備值得尊敬的一面，同時適度地平易近人……是的，稍微脫線到不會令我冒出競爭心的程度——」

說到這裡，艾莉莎瞬間將眼睛瞪得好大，猛然抬頭，然後像是要掩飾什麼般輕撥頭髮，露出若無其事的表情。

「……哎，這種事不重要。不提這個，關於有希同學喜歡的男性類型……」

「嗯？」

「所以，那個，具體來說妳有心上人嗎？」

艾莉莎玩弄頭髮，視線不時瞥過來，察覺意圖的有希「啊啊……」暗自心想。

（原來如此。是在意我是否會成為情敵吧。）

艾莉莎對於政近抱持相當程度的好感，這在有希內心已經是毋庸置疑的事實。

基於這一點來思考，艾莉莎真正想問的應該是「妳也喜歡政近同學嗎？」這種問題。有希以前就向艾莉莎宣布深愛政近，所以艾莉莎想趁著這個機會確認有希真正的心意……應該是這麼回事吧。

（嗯……要我在這時候清楚表明「我對政近同學抱持的情感是親情哦？」是很簡單的事。）

如果這麼說，艾莉莎肯定會露出鬆一口氣的表情吧。有希個人覺得這樣在某方面來說也挺有趣的……

（不過，只有這樣的話會缺乏樂子吧？）

有希在內心露出惡魔般的笑容，故弄玄虛微微一笑。

「這個嘛，妳覺得如何？」

「居然問我覺得如何……這時候說出來才算是在聊戀愛話題吧？」

「咦咦～～因為……人家會害羞啦。」

有希雙手按著臉頰，不好意思般扭動身體。看著這個反應的艾莉莎眼睛隱含認真的光芒，有希可沒看漏。

（咕呼呼，她在誤會她在誤會。也是啦～～看我擺出這種態度，一般來說都會冒出「既然言辭閃爍，換句話說……？」這種想法對吧～～？）

成功誤導艾莉莎，有希在內心竊笑。這一切也都是為了戲弄艾莉莎享受愉悅……更正，是為了協助心愛的哥哥成就戀情。因為讓戀愛加速的要素永遠都是情敵。有希個人毫不猶豫就願意親自扮演情敵，促使哥哥與艾莉莎的戀情有所進展。

（咕咯咯，如果艾莉同學和哥哥順利交往……然後得知我其實是妹妹，她會露出什麼表情呢？）

嗯……或許果然只是單純在享受這段過程吧。有希內心露出更勝於惡魔的邪惡笑容。裝出純真模樣試探艾莉莎。

「那麼，如果艾莉同學願意說，我也一起說吧？」

「咦？」

「我想聽艾莉同學的戀愛經驗。」

「就算妳這麼說……但我從來沒喜歡過男性。」

「咦，是這樣嗎？」

聽到艾莉莎的回答，有希心想「妳怎麼敢說這種話」，睜大雙眼將手按在嘴邊。像是打從心底感到意外的這個反應，使得艾莉莎有點不服般噘嘴。

「什麼嘛……就算沒談過戀愛也沒關係吧？」

「當然沒關係……不過艾莉同學這麼受歡迎，我以為至少會有一次這種經驗。」

「沒有啦……說起來，並不是戀愛經驗豐富會比較好吧？總覺得世間有一股『沒有戀愛經驗就會被瞧不起』的風潮……這是怎麼回事？」

「唔，嗯～……總之戀愛經驗豐富，也可以視為充滿女性魅力……不過也有人說，這單純是逞強想要沉浸在優越感的人們在向周圍炫耀罷了。」

「但是以我的角度來看，只像是公開表示自己缺乏貞操觀念。」

大概是有實際被炫耀的經驗，艾莉莎以不悅表情哼了一聲。不太符合戀愛話題的這段發言，使得有希內心露出僵硬的笑。

「那個……難道說，艾莉同學是那種人嗎？認為結婚之前應該守身如玉？」

「連……連這種事都要說嗎？」

「那當然。戀愛話題就是這樣吧？」

出乎預料的敏感話題，使得艾莉莎稍微臉紅游移視線……不過有希掛著理所當然至極的笑容點頭。看到這張毫無陰影的笑容，艾莉莎在困惑的同時開始思考。

「唔，嗯～……我沒說要保守到這種程度，不過，我認為這種事只能和互許終身的對象做吧？」

大概是說到不好意思，只見艾莉莎的臉變得更紅，視線使力變得犀利，然後加重語氣說下去。

「只要是女生，任何人都懷抱這種理想吧？和第一次喜歡上的人第一次交往，然後就這麼結婚白頭偕老！」

「唔……」

艾莉莎說得口沫橫飛的這個主張，有希不知道該如何回答。不，總之確實沒錯，有希可以理解她的意思。

和第一次交往的對象，彼此都沒有移情別戀，在順利培育愛情的數年後結婚，今後一～～直過著幸福的生活……這種展開可說是少女漫畫的超王道。所以這是反應世間女生理想的主張，有希並不是無法理解這一點。然而……

（這個世界上，某些女生的理想是努力衝高人氣被好男人捧上天，也有許多女生認為結婚最重要的不是愛情而是金錢……這種純愛志向的女生在最近反而明顯是少數派吧？）

實際上，有希周圍就有好幾人抱持這種主張，所以她看向艾莉莎的眼神忍不住變得溫柔。

「……那是什麼眼神？」

「啊，不……我覺得艾莉同學是浪漫主義派（少女漫畫腦）的純情（作夢）女孩。」

「……」

聽到有希話中有話的這句感想，艾莉莎心想「總覺得被嘲笑了？」皺起眉頭。但是艾莉莎對於有希還是稍微有所顧忌，不方便吐槽這一點。如果對方是政近，艾莉莎就會毫不留情緊咬不放了。不過，有希似乎也從艾莉莎的沉默察覺端倪。她像是要想辦法打圓場般從艾莉莎身上移開視線，將話鋒轉向身旁的綾乃。

「呵呵，這個想法真是美妙。綾乃是不是也這麼認為？」

「！」

話鋒突然轉向自己，綾乃睜大雙眼。雖然想馬上回答主人的問題，但是嘴裡剛好塞滿甜甜圈。要是就這麼開口說話，以禮節來說是大忌。然而即使想要立刻吞下去，甜甜圈也遲遲過不了喉嚨。水分……水分不夠。

「唔！嗚！」

綾乃朝著邊桌上的杯子伸手尋求水分。但她察覺內容物是柳橙汁，一拿起杯子立刻停止動作。原因在於依照綾乃的堅持，甜味的甜甜圈搭配柳橙汁是ＮＧ行為。然而自己的堅持以及害得主人等她的這個狀況，若問應該以哪一項為優先……！

「嗚！～～～～……噗哈，是的，在下這麼認為。」

「嗯，總覺得很對不起？」

看到綾乃以驚人氣勢將嘴裡的東西灌進肚子，有希為難般歪過腦袋。

「不，有希大人完全不必道歉。說得也是，在下也全面同意艾莉莎小姐。決定以心相許的對象之後，奉獻自己的一切。這是理想。」

「……嗯？」

聽到綾乃這段話，有希把歪掉的腦袋拉回一半。總覺得只有綾乃不是在聊戀愛而是別的話題……但是在消除這個疑問之前，艾莉莎就附和綾乃的意見。

「果然是這樣對吧！為這輩子唯一以心相許的對象守節，身為淑女就應該這麼做對吧！」

「說得也……」

綾乃聽完艾莉莎的話語之後開口……然後僵住。黑色眼眸朝著斜上方，咕溜～～轉了半圈，然後輕輕歪過腦袋。

「嗯？綾乃同學？」

「不，那個……在下認為，或許不必堅持只對一個人……」

「咦……」

聽到綾乃的發言，這次輪到艾莉莎僵住，完全露出「被背叛了！」的表情，但是綾乃接下來的話語，令她睜大的雙眼瞪得更大。

「在下認為，即使是兩人也沒什麼關係……」

「兩……兩人？」

「雖然在下只有一具身體，不過只要努力就勉強應付得來。」

「而且還同時？」

艾莉莎腦中浮現綾乃讓兩名男性隨侍兩側嫣然一笑的樣子。不只如此，還從自己說的「同時」兩個字，想像綾乃同時應付兩名男性的光景……白皙的肌膚頓時染紅。接著，艾莉莎用力將視線變得犀利，反射性地大喊。

「不……不可以這樣！啊，不，如果當事人都願意的話或許可以……總，總之還在當學生的時候不可以這麼放浪！」

「嗯？放浪……嗎？」

「因……因為，兩人同時，這種事……！」

腦中展開香豔又火辣的妄想，使得艾莉莎一時語塞。順帶一提，她想像的光景整體來說相當模糊，原因不在於自主規制，單純是艾莉莎缺乏知識。艾莉莎在這方面的知識，終究是只描繪出上半身相擁的少女漫畫等級。

（大概是在進行這～～種妄想吧。）

反觀有希，她看著這樣的艾莉莎，腦中浮現綾乃從前後兩側被弄得欲仙欲死的模樣，反倒令局外人覺得有希才應該稍微自主規制一下。有希當然察覺綾乃說的並不是這種意思。雖然察覺……

（感覺好像很有趣，我再觀望一下吧。）

有希壞心眼選擇沉默，她面前的兩人繼續雞同鴨講。

「嗯？不，應該不必堅持是男性吧？」

「咦？女……女生也可以嗎？意……意思是——」

「當然也包括艾莉莎同學啊？」

「咦，咦咦～～？」

艾莉莎高八度大喊，以雙手抱住自己的身體，迅速退到床上避難。對此，綾乃詫異般歪過腦袋。

（……嗯，綾乃的意思大概是說，如果艾莉同學和哥哥結婚，她也會將自己的一切奉獻給艾莉同學吧……但她沒有說明清楚真的很要命。）

有希忍不住以溫馨的眼神看向綾乃，但是綾乃似乎沒察覺主人的這雙視線，忽然像是想到什麼般眨了眨眼。

「說得也是……這麼一來，總有一天也會變成四人同時吧。」

「四……四人……？咦，要怎麼做？」

看來已經超越理解，而是純粹冒出興趣了。艾莉莎雖然臉紅，卻還是皺眉在床上探出上半身。對此，綾乃一如往常面無表情讓視線游移。

「這個嘛……終究會成為每天兩人輪流的形式吧。」

「可……可以換了又換的意思嗎……？」

「不，假設是所有人同居的形式，當然就會成為四人同時了。」

「同居……也，也就是愛的小窩……？」

「即使變成這種形式，在下也絕對不會打混摸魚，會誠心誠意服侍各位。」

「會服侍是吧……」

「是的。在下也接受過面對這種狀況的入門教學。」

「入，入門……呼噗！」

看來記憶體到此完全超載了。像是煮熟般全身火紅的艾莉莎，發出像是靈魂出竅的聲音一頭倒下。

「唔！艾莉莎小姐，妳還好嗎？到底怎麼了……」

「噗，啊哈哈哈……！」

艾莉莎躺在床上頭昏眼花，綾乃就這麼面無表情不知所措。看著這幅奇妙光景，有希終究也忍不住發笑。然後她拭去眼角冒出的淚水，朝著不知所措晃動雙眼的綾乃開口。

「呵呵呵……看來艾莉同學有點累了？好了綾乃，妳就去照顧一下妳未來的主人（暫定）吧？」

「『照顧』嗎……」

「沒錯。具體來說就是……」

……在這之後。

經過約十分鐘回復意識的艾莉莎，察覺綾乃在床上讓她躺大腿還朝臉部搧風……這個狀況令她在各方面有所誤會，發出奇怪的哀號。

第13話 政近與艾莉

電車行駛在一望無際的遼闊田園風景之間。學生會集訓最後一天的回程電車上，充滿寧靜的空氣。

大概因為是鄉村，加上現在是下午三點多這種不上不下的時間，政近等學生會成員搭乘的第一節車廂沒有其他乘客。

而且，學生會成員之間也沒有對話，車內只響起電車喀噠喀噠的奔馳聲。

終於，大概是被電車的振動引發睡意，坐在政近右側的有希輕輕將頭靠在政近肩膀。不久之後，坐在有希另一側的綾乃也開始點頭打盹。

（哎，畢竟大家應該累了，這也沒辦法吧……）

政近自己也深深向後靠在座椅如此心想。

昨晚因為祭典所以玩到很晚，今天上午心想「這是最後了」在海邊玩個痛快，吃完午餐將別墅打掃整理之後搭電車移動。即使因為疲勞而睡著也在所難免。雖然在所難免……

（不過有希，妳其實醒著吧？）

政近低頭瞪向靠在自己身上的妹妹腦袋，以手肘輕推有希。然而……

「唔唔～～嗯……」

政近手臂輕輕側移的瞬間，有希左手入侵空出來的縫隙，緊緊纏住手臂。

然後，有希就這麼抱著政近的右手臂，然後仔細調整腦袋位置，再度進入午睡態勢。

（這傢伙……）

妹妹如此厚臉皮又大膽裝睡，使得政近臉頰抽動。她大概是真的想要睡覺，不過從她過於故意的這種睡覺方式明顯感受到惡意。

（這種睡覺方式，只有情侶才會這麼做吧！妳絕對是做給艾莉看的吧！）

政近在內心如此大喊，同時瞥向左側。隨即他看見的是……

「等一下，瑪夏。」

「唔～～」

艾莉莎同樣被姊姊抓住手臂，依偎在身旁。

沒想到居然有人少根筋和有希做出相同的事，政近抽動臉頰並且愣住。

「……唉。」

不久，艾莉莎像是死心般嘆氣，放棄抵抗。

然後她看著同樣被有希依偎的政近，眉頭瞬間一顫之後稍微露出苦笑。

「真是的，傷腦筋。」

「哈，哈哈……」

艾莉莎以視線朝瑪利亞示意並且這麼說，政近不禁尷尬地笑了。他之所以做出這種反應，是因為瑪利亞在艾莉莎肩膀調整頭部位置的模樣，導致政近腦中重現昨天早晨的光景。

（唔，嗯，總之睡昏頭的瑪夏小姐，在各方面都非常不得了……）

回想起在自己身上優雅睡了四次回籠覺的瑪利亞，政近懷著些許內疚看向前方。

昨天，政近察覺艾莉莎表現的好感，卻意外和她的姊姊同床共眠。這個事實不得不令他冒出罪惡感。

（不，我沒做任何必須被罵的事情就是了……）

政近在內心逕自這麼解釋，忽然自覺現在是和艾莉莎獨處的狀況。

在排排坐的五人之中，另外三人（看起來）在睡覺。這麼一來即使說現在是兩人獨處也不為過吧。會長與副會長？他們兩人坐在車廂最前面，唯一面向行進方向的兩人座，千真萬確打造出只有兩人的世界，有問題嗎？

（呃，咦？總覺得這樣是不是不太妙？）

不祥的預感慢慢從背脊向上竄，政近臉頰僵硬。

昨晚煙火放完之後，政近和其他成員會合，隱瞞親吻的那件事，只說明「剛才是假裝擄走艾莉當成懲罰遊戲」。

後來被統也與茅咲說風涼話，被有希以文雅態度頻頻逼問，兩人沒機會獨處。

今天也是下意識不敢面對面，刻意避免成為兩人獨處的狀況……所以不知不覺從那個事件之後，這是第一次和艾莉莎兩人獨處的狀況。

這麼一來，話題自然而然……

「當時的煙火……好美麗。」

（就會提到這個對吧！）

預料之內的這記刺拳，使得政近感覺胃在收縮。

「啊啊，嗯，很美麗。」

政近明顯回答得心不在焉，艾莉莎卻沒說什麼。這也是當然的，因為她真正想說的不是煙火話題。

政近也明白這一點，認為身為男人不應該從這件事逃避。

然而，只有現在的這個場合很不妙。

理由只有一個。

（有希，妳一定還醒著！）

既然這裡有個光明正大偷聽的妹妹，聊這個話題就很不妙。非常不妙。再怎麼不小心，也只有親吻的話題絕對不能提。絕對……

「然後，那個……」

（看來要說了！這麼快就想說！）

看見艾莉莎視線游移像是不知道如何啟齒，政近在內心哀號。

然後，他瞬間讓大腦全速運轉，決定全力假裝成不懂得察言觀色的男生。

「說到煙火！俄羅斯在節慶的時候會放煙火嗎？」

「咦？啊啊，總之……會放。」

「是喔～～和日本的煙火有什麼不同嗎？」

「唔，不，這我沒有特別注意過……不過應該沒什麼差異吧？」

「是嗎？啊，那麼煙火的名字是怎麼取的？在日本會取一些相當有趣的名字，俄羅斯也是嗎？」

政近的對話能力發威了。

在口才這方面，政近原本就比艾莉莎高明得多。一旦掌握對話流向，就可以輕易特定話題。

「……欸，你是不是想要敷衍某些事？」

然而被正面突破之後終究屈居下風。看見艾莉莎皺起眉頭，像是有點受傷般晃動雙眼說出這種話，政近也不能沉默下去。

「用不著這麼明顯迴避也沒關係吧？昨天的事情，彼此就當成沒發生過——」

「不，抱歉，可以等我一下嗎？」

「……什麼事？」

「嗯，抱歉一下下就好。」

政近以嚴肅表情舉起左手，打斷艾莉莎的話語。

然後他慢慢從口袋取出手機，調高喇叭音量之後播放一段影片。

『喂喂喂，突然怎麼了？雖然能理解妳想拍本大爺的心情……不過既然要拍，可以在我打扮得更帥氣一點的時候拍嗎？』

「？」

從手機播放的是天大地大政近大的聲音。突然播放這段話題影片，艾莉莎睜大雙眼。政近無視於她，觀察另外三人的反應。

然後，政近確認三人沒有明顯像是反應的反應，停止播放影片。

「嗯，看來在睡。」

「這，這是哪門子的，確認方式啊……」

政近滿意點頭，艾莉莎抽動臉頰拚命忍笑，以這張非常罕見的表情發問。對此，政近露出像是達觀的眼神回答。

「因為如果還醒著，播放這種影片絕對會起反應吧？畢竟妳也變成這樣了。」

「你……你自己說這種話？話說，原來你還留著那個啊……」

分享給學生會成員的影片，政近說明「和有希測試催眠術才會變成那樣」這段原委之後就得以刪除了。正因如此，所以剛才播放影片完全是冷不防的暗招……

「妳嘴裡這麼說，其實也還留著吧？」

「當然……不可能吧。我確實刪除了喔，真是失禮……」

政近賞白眼出言試探，艾莉莎隨即不服般如此回應。但是政近沒看漏她的雙眼在瞬間劇烈晃動。

（果然還留著嗎……）

黑歷史被掏挖刺激，政近感覺內心持續受到傷害，回到原本的話題。

「然後，就是……抱歉。剛才還不太確定是否只有我們兩人獨處，我才會說出那種話……不對，這是藉口。」

確實也有這方面的因素。不過其實是……沒有勇氣面對。不敢面對艾莉莎的這份戀心。因為自己沒有能夠回應的心意，也沒有能夠接受的決心。所以剛才確實想要試著敷衍。

「嗯，抱歉。老實說，我想迴避這個話題。但是，我並不是想當成沒發生過。只是……我還沒整理自己的心情。」

政近不開玩笑，筆直注視艾莉莎的雙眼，以真摯的態度如此說明之後，艾莉莎像是稍微亂了方寸般晃動雙眼，看向前方。

然後，她像是把話含在嘴裡般回應。

「還好啦，整理心情什麼的……不必做得這麼誇張沒關係的。那個是，沒錯……是類似祝福之吻的行為。」

「……祝福？」

「是的。昨天的你……為了取悅我與瑪夏而做了各種事，卻有點徒勞無功對吧？所以那個……該說是安慰獎嗎……雖然做得不是很順利，不過那個吻的意思是我覺得很開心。懂嗎？」

艾莉莎愈說愈快而且愈大聲，同時忽然將臉湊過來。

「咦，啊，好的。」

老實說，政近覺得似懂非懂，卻懾於她的氣勢點頭。

應該說如果這時候回答「不懂」，政近認為她肯定會鬧彆扭，所以不得不點頭。

「那我的努力也獲得充足的回報了，嗯。應該說完全多到有找？」

政近就這麼順勢說出有點奇妙的感想，連自己都搞不懂在說什麼而有點後悔。

「……哼，那當然。」

艾莉莎瞪了政近一眼，迅速撇過頭去。然後只以視線瞥向政近，以咄咄逼人的語氣說下去。

「話說在前面，我平常可不會和任何人做那種事。只因為昨天是那種狀況加上有希同學的命令還有煙火的浪漫氣氛重合起來，結果才會成為那種形式。」

「我知道的，那當然。」

政近說完點頭，心想「哎，這就是極限吧」。「不會『和任何人』做那種事」這句話，應該是艾莉莎能以言語表現的最大好感。對於察覺艾莉莎戀心的政近來說，他反而放心了。

（哎，雖然不知道是單純沒有自覺，還是明明自覺卻假裝沒發現……但她應該不會率直承認吧。）

政近不知道艾莉莎喜歡他的哪裡，不過艾莉莎的自尊心那麼強，應該很難承認自己喜歡上這種懶散的傢伙。

（老實說以我的立場，我比較感謝現在是這種狀況……）

政近還沒準備好面對艾莉莎的戀心，所以起碼在做好準備之前，政近希望艾莉莎也……

【我只會對你這麼做。】

（……嗯，要遮羞的話，希望妳只用俄語就好哦～～？）

這真的只是在捉弄？還是吐露率直的情感……雖然無從判別，不過就按照至今的慣例問問看吧。

「妳說什麼？」

「我說『我只會對你這麼做』。」

「喔，嗯？」

完全出乎預料的回應使得政近僵住。

就像是要覆蓋掩飾害羞的心，艾莉莎露出不服般的表情，轉身面向凍結的政近，然後以抱怨般的口吻說。

「我說過吧？我不會和任何人做那種事。我可不想被當成會受到旁人或是氣氛影響的女生，所以要在這裡說清楚……總之，因為是你，我才會覺得只是臉頰的話，吻你一下也沒關係哦？」

「喔，喔喔……這是我的……榮幸？」

「還有一件事也要說清楚，這不是什麼戀愛情感。我把你當成搭……搭檔信任到某種程度，而且你還算是？有一些讓我尊敬的優點？最重要的是，總之我把你當成我最好的朋友……只是這樣而已！」

「唔，嗯。謝謝？」

艾莉莎臉頰泛紅，像是瞪著政近臉孔般一口氣說完，在政近結巴道謝之後輕哼一聲，重新面向前方。

這種表達好感的方式，簡直像是在找人吵架般笨拙，使得政近忍不住苦笑。總覺得非常符合艾莉莎的個性。

不過……正因如此，所以確實傳入內心了。

剛才這段話，肯定是艾莉莎千真萬確的真心話吧。艾莉莎恐怕還沒察覺自己淡淡的戀心。

不過，她以自己的方式好好面對自己的心，藉以找到答案之後傳達給政近。鼓起勇氣，儘可能誠心誠意傳達出來。

（這是什麼可愛的生物？真是惹人疼愛。）

看見艾莉莎就這麼耳根通紅，噘著嘴靜靜面向前方，政近自然冒出這種感想，而且立刻反省自己內心居然抱持這種愚笨的感想。

（唉……這是我的壞習慣。很快就會胡鬧，開玩笑，想要隱瞞真正的心情。）

這是久世政近的自衛手段。失去和母親的親情，失去和那孩子的戀情，甚至失去值得驕傲的自己，成為了久世政近。回過神來，再也無法正面面對任何人。胡鬧、開玩笑，假裝成笨蛋，不和任何人深入來往。

只要不深入來往，即使失去也不必悲傷。

只要不深入來往……久世政近這個人無藥可救的本性就不會被別人知道。只要不被知道就不必面對。不必面對最討厭的自己。

（不過……只有現在……）

只有現在，或許必須毫不敷衍確實面對。

對於面前少女表現的勇氣與誠意……希望自己起碼也誠實以對。

「我也……」

擠出來的聲音微微顫抖。率直面對自己的心，坦然表達好感。這麼單純的事情卻如此困難。嘴角擅自上揚想打造笑容。笑吧，一如往常開玩笑敷衍帶過吧。內心的這個聲音好吵。

政近拚命封鎖這些聲音，好不容易編織話語。

「我也一樣……因為是妳，我才會想吻妳。」

政近的話語引得艾莉莎轉過身來，對於他不同於以往的拚命表情睜大雙眼。

「如果對象是別人，我應該會一如往常開玩笑敷衍，讓事情不了了之。不過，因為是妳……因為對象是艾莉，所以我也想吻妳做為回應。不過，我終究不敢吻臉頰，如果問我是以什麼心態吻妳，我也不知道該怎麼回答……總之，我也多少受到當時氣氛的影響……吧？」

到最後，總覺得變成又臭又長像是在開玩笑的感覺。明明自以為能夠說得更順。平常能說善辯的嘴皮子，不知為何只在這時候不管用。

「……受不了，真是的。這是怎樣？」

政近愈說愈小聲還稍微看向下方，使得艾莉莎也發出傻眼的聲音。對此，政近頭愈來愈低……不過艾莉莎右手扶住他的臉頰，輕輕讓他面向前方，然後筆直看著政近的臉，像是打從心底開心般笑了。

「嘻，原來政近同學也會露出這種表情啊。」

「……幹嘛啦，是什麼表情啊？」

肯定是露出丟人現眼的表情吧。基於這種想法，政近發出嘔氣鬧彆扭的聲音，然後立刻對於自己的幼稚反應更感羞恥。

「……！」

政近默默稍微移開視線。對此，艾莉莎在笑容加入些許惡作劇的心態回答。

「這個嘛……你現在的表情挺可愛的哦？」

「！」

當面被給予「可愛」這個評價。艾莉莎近距離注視過來的小惡魔笑容，使得政近背脊竄過一陣甜美的酥麻感。他像是掩飾般皺眉裝出不服表情。

「……這是在消遣我吧？」

即使故意不太高興般這麼說，艾莉莎也完全不為所動。

「沒那回事啊？話說回來，原來如此……我一直在想那時候為什麼是吻我頭髮，不過單純只是你畏縮了吧？」

（……不，妳早就察覺了吧？當時還清楚嗆我「沒骨氣」。）

艾莉莎刻意像是落井下石般確認，使得政近以譴責態度開口。

「我說啊，會畏縮是理所當然吧？我個人甚至覺得吻頭髮也不太好……而且妳也一樣，要是在懲罰遊戲被親吻臉頰，正常來說都會抗拒吧？」

「你說呢？」

А ты попробуй!

艾莉莎揚起單邊眉毛說完，從政近臉頰放開手，以指尖輕敲自己的臉頰。

她這句話令政近停止呼吸。甚至覺得連心臟都在瞬間停止跳動。

「剛才，妳說了什麼？」

即使回以這句既定的問題，也在意是否說得結巴。雖然慌張沒寫在臉上，但是現在的政近甚至沒有餘力分析。

「我是說『那可不一定吧？』這樣。」

不過，幸好艾莉莎看起來沒特別在意，掛著笑容一如往常說謊。然後她放下右手順勢摟住政近手臂，輕輕將頭靠在政近肩膀。

「喔，唔……」

艾莉莎進行波濤洶湧的挑釁之後，過於自然而然地依偎過來，使得政近全身頓時僵硬。不知道是否察覺政近完全被耍得團團轉，艾莉莎像是做給他看般輕聲打呵欠。

「呵啊～～我也覺得睏了……到站之後可以叫我起來嗎？」

「……換句話說，我不能睡？」

「哎呀，我貼你貼得這麼緊，你有自信睡得著嗎？」

「……我神經終究沒這麼大條吧。」

聽到政近這句話，艾莉莎輕聲竊笑之後閉上眼睛。實際上，以政近現在的緊張程度，剛才的話語也大致不是玩笑話……不過他察覺艾莉莎的攻勢已經結束，總之暫時放鬆身體。

（唉……真的對心臟不好。）

政近面向前方暗自呢喃。說來無奈，因為平常應對的態度冷淡，所以這種反差很驚人。艾莉莎本人肯定只是抱持一半以上的捉弄心態……不過在察覺她心底深處潛藏的戀心的現在，政近不清楚她這麼做有幾分是認真的。

（真是的，不知道她自己是明知故犯到什麼程度。）

政近掛著脫力的笑容看向身旁，是艾莉莎安心無比的睡臉。總是顯露在表面的正經態度與戒心消失，完全解除心防的這張表情……使得一股溫暖又失控的情感湧上政近心頭。

想要保護。想要珍惜。不想傷害。這份情感是保護慾，是疼愛……應該吧。

（果然……不是戀愛吧。）

和昔日對那孩子懷抱的情感不同……政近這麼認為。只不過事到如今，政近無法清楚回想起戀心這種情感本身為何物，所以不敢下定論。然而自從被那孩子拋棄的那一天開始——

（咦？）

此時，政近對於自己的思考抱持疑問。

（我……有被那孩子拋棄嗎？）

即使皺眉思索，覆蓋記憶的濃霧也沒能散去。那孩子的笑容就這麼隱藏在濃霧的後方。果然想不起來。不過……在自己的心中，那段戀情還沒結束。政近只清楚知道這一點。

（不管怎麼說……我還是一直放不下。）

想忘也忘不了。會在突如其來的一瞬間想起。這肯定是因為政近自己的內心某處不願忘記。因為依依不捨，持續期盼著記憶中的那孩子。

【真津！】

那個奇妙的稱呼至今依然會在腦中響起。從濃霧後方朝這裡呼喚，這個天真爛漫的聲音，使得胸口像是被勒緊般難受。

「唔……」

不過在這個時候，左側隱約傳來的聲音將政近拉回現實世界。政近眨眼的時候，艾莉莎稍微扭動身體，重新緊抱他的左手臂。彷彿溫柔包覆的這股觸感，令政近覺得自己受到撫慰。

（……必須確實做個了斷才行。）

政近看著艾莉莎的臉，自然而然做出這個決定。這麼做是為了好好面對眼前這名願意愛上我這種人的少女。就好好結束和那孩子的初戀，請她把依然被她囚禁的戀心還給我吧。這麼一來，肯定……

「……」

此時，有希慢慢抬起頭了。然後她完全無視於默默看過來的哥哥視線，目不轉睛注視緊抱政近左手熟睡的艾莉莎，發出「嗯」的聲音點頭。

「原來如此。這就是愛人被睡走的感覺……」

「我讓妳一睡不醒喔，混蛋。」

後記

大家好，我是燦燦SUN。好的，那邊的你。你正在想：「咦？已經到後記了？不是還有十幾頁嗎？」對吧？明明以為還有後續，昨晚心想：「沒辦法了，在明天早上的電車或公車上看吧，畢竟很晚了。」即使想看後續卻忍下來上床睡覺，現在這樣是要怎麼交代？你是這麼認為的吧？睡吧。只要有空就盡量睡吧。你肯定察覺了。當你認為：「畢竟很晚了。」的時間點，就已經明顯會睡眠不足了。啊，喂，不要拿出手機！不要逛社群網站！不要試著去拿每日登入獎勵！「今天更新的漫畫是～」這種話不要說！與其看手機不如睡覺！不會叫你看後記！因為看這種後記也派不上任何用場。總之快睡吧！也別忘記設鬧鐘以免睡過頭！還有，不要造成枕邊人的困擾！規規矩矩睡覺！哎，不過我毫不猶豫就會看手機喔！

好的，這次也是開場沒多久就覺得後記充滿濃濃的廢文味。實際上這是史上最廢的一篇後記。啊，正在那邊心想：「抱著睡眠不足的決心在深夜閱讀到這裡的我是贏家。」的你，還是單純早早就寢吧。剛才也說過，看這種後記沒有任何助益。就沉浸在劇情內文的餘韻快點睡覺吧。說不定可以夢見艾莉。哎，不過我至今作的夢從來沒出現過《遮羞艾莉》的角色。啊～～即使在夢中也好，我想成為政近。成為有希也可以。

啊，正在那邊心想：「真可惜，我是在平日中午閱讀這本書喔。」的你，也去睡覺準備下午上班或是上課吧。只睡短短十分鐘就會差很多。與其在剩下的午休時間閱讀後記，只有一下子也好，還是去睡吧。咦？你說現在不是午休時間？也不用上班或是上課？……原來如此。是上夜班的讀者嗎？恕我失禮。不，話說既然上的是夜班，為什麼平日中午會醒著？

啊，正在心想：「其實預先掌握將在星期五發售，正在利用假日閱讀本書的我才是真正贏家。」的你，恭喜你。你是真正的贏家。請暫時放下本書，擺出自己心目中的勝利姿勢暫時自鳴得意吧。能以這個狀態撐十秒就是真正的強者。

……………………

……………………

……啊，這段時間是用來守護擺出勝利姿勢的各位。絕不是在湊字數。沒能成為真正贏家的各位，也請暫時放下書本閉上眼睛，想像成為真正贏家的人們吧。腦中浮現誰的身影呢？順帶一提，我腦中浮現在今天晨間新聞看見的氣象主播大姊姊。為什麼？

是的，不同於腦中永遠滿是美麗女性的我，個性正經的各位讀者，腦中想必浮現出成為真正贏家的人們凶悍又神聖的英姿，並對他們的英姿感到羨慕吧。憧憬是用來接近理想的第一步。若能懷抱憧憬，接下來就輪到你了。接下來，你將成為真正的贏家。

為此該做的只有一件事，就是在網路收集店舖發售日的相關情報，在發售當天取得下一集的《遮羞艾莉》。這麼一來，新刊的首週銷量會順利提升，我與編輯大人都會笑呵呵。是的，你剛才腦中浮現的真正贏家身影，其實是我或是編輯大人的身影！……呵，我聽不懂這是在說什麼。你現在是這樣的表情吧？我也是。說真的這傢伙在說什麼鬼話？各位敢相信嗎？我寫這篇的時候連一滴酒都沒喝耶？很恐怖吧？

喔，說到這裡，剛才擺出勝利姿勢的人們回來了。在各位無法承受羞恥心情匆匆回來拿起本書的這時候，請容我說一句話。謝謝各位。沒想到是在發售當天立刻購買並且立刻看完。如果各位對於最新一集期待到這種程度，身為作者的我倍感榮幸。

正在那邊心想：「沒在發售之後立刻看完就代表愛不夠嗎？」的你，這是錯的。測量愛得多深和什麼時候閱讀無關。你願意將寶貴的時間分給這部作品。你的愛在這個時間點就充分傳達出來了。咦？五分鐘就速讀完畢？那你的愛不夠，請從頭重新閱讀一次……雖然我在這裡這麼寫，不過你說：「知道了，我再看一次。」的時間點，就已經確實掌握內容對吧？那麼或許就不用重看一次。應該說，我想要這種速讀能力。請給我。

啊，正在那邊表示習慣先看後記的你，如你所見，這次的後記又臭又長。而且你可能隱約察覺了，也沒有內容。尤其也沒有洩漏內文劇情，這部分要說安心確實可以安心，不過既然有時間看完這種後記，還是乖乖閱讀內文吧。即使如此還是想先看後記的奇特讀者，我不再阻止了。我已經忠告過了哦？請不要在事後大喊：「這是什麼後記！浪費時間！」火冒三丈哦？啊，這是我對所有讀者的懇求。

啊，在那邊為了確認整本頁數翻到最後卻發現後記分量異常而不敢領教的你……應該不會閱讀這篇後記吧。應該會正常先看內文再看這篇吧。啊，翻過頭不小心先看到最後跨頁插圖的你，請節哀順變。因為你沒有好好觀察書頁確認插圖位置才會變成這樣吧？咦？你說雖然有確認卻因為後記太長就翻過頭了？這……對不起。

我在自己有錯的時候會率直道歉。因為是大人。反過來說，在自己沒錯的時候再怎麼被逼也不會道歉。因為是孩子。是永遠沒能完全成為大人的大人。輕小說作家肯定大多是這麼回事。大家都無法拋棄稚子之心。不過，和我有交流的輕小說作家只有兩位就是了，而且其中一位明顯比我像是大人，另一位是佛祖……咦？孩子只有我一個？心態幼稚的明明只有我一人，卻差點敗壞各位的名聲。請容我磕頭道歉。全國的各位國高中生，請不要成為像我這樣不上不下的大人。不，我說真的。

啊，正在那邊大喊：「後記超多耶！太好了，超棒的！」漂亮美麗又迷人的你……沒人？沒這種人嗎～～？請問各位客人之中有哪一位放聲叫好嗎？咦，啊，有嗎？比起內文，很高興看到後記這麼多？唔唔～～……我不知道該說什麼，請回座吧。

如何？就算看了也沒有任何助益吧？（正色）……啊，正在那邊心想：「哎呀太長了吧，全部跳過先看もも こ老師的卷末插圖吧。」的你是對的。我也會這麼做。你等到下一集發售之後才會心想：「啊，這麼說來上一集的後記還沒看……嘖，沒辦法了，沒好好看完就看下一集會渾身不自在，那就看一下吧。」我輕易就能想像這種結果。

啊，在那邊表示有看作者推特，預先知道後記會很長的你，感謝追隨。還沒追隨的讀者請務必追隨。絕對不會有所損失。但也不會有所收穫就是了。

呼……總之列舉所有想像得到的模式可能性之後，差不多來說些正經事吧。我想各位應該很好奇，說起來，為什麼這次的後記這麼長？原因……很單純。完成原稿數天之後，編輯大人對我說：「這次劇情內文的排版剛剛好，所以可能會沒有燦燦ＳＵＮ老師與ももこ老師的後記。」接著說：「雖然也可以增加頁數放後記，不過在這種狀況會追加十六頁，如果卷末都是廣告可能會不太好看。」我在這時候立刻發問：「追加頁數的話，書的定價會調漲嗎？」

是的，我是會率先關懷讀者荷包的貼心作家。即使是幾十圓，對於《遮羞艾莉》主要讀者群的各位國高中生來說也很珍貴，我非常清楚這一點。正因如此，所以我率先詢問書的定價……騙你的。我只是覺得「都已經是外傳短篇集了，要是連定價都調漲可能沒人買吧～～」這樣。這是百分百的自私心態。明明說好要說正經事，但是寫不到五百字就變成這副德行，我自己都覺得很過分。

呃～～繼續說下去吧，我提出定價問題之後得到「好像不會調漲」的答覆。為什麼不會調漲也是一個疑問，但我覺得既然這樣就沒有不加頁的理由。坦白說，我的後記一點都不重要，但是沒有ももこ老師的卷末插圖將是世界的損失！各位讀者也會很失望吧！不好意思！我又在愛面子逞強了！單純只是我想看！百分百是私慾！

唉，亢奮過度開始累了。別看我這樣，我平常情緒相當低落。雖然不到陰角的程度，不過真要說的話應該是不太理人的類型。即使筆名看起來像是陽角的極致，平常的我其實大多是陰陰ＤＯＮ的狀態。

又離題了，總之因為想看ももこ老師的卷末插圖，所以決定追加十六頁。然後編輯大人對我說：「給我寫出十四頁的分量，最多六千字左右的後記！」……這字數拿來寫店舖特典短篇可以寫兩篇耶，簡直有毛病。我終究想回應：「這我做不到♡」並且拒絕，編輯卻在我拒絕之前說：「至今沒看過後記寫這麼長的作品，如果寫出來或許是史上首創喔ｗ」。那我不就只能寫了？

我也覺得卷末放一大堆廣告不太好。既然要求我成為傳說（並沒有），那我就寫六千字吧。寫到這個時間點已經四千字了所以沒問題。怎麼樣，光是關於這篇超長後記的話題就消耗一半以上的篇幅了。剩下的篇幅要說什麼話題？

咦？不准假裝沒察覺？該說的話題早就應該確定了？各位要吐槽這個嗎……不，我當然知道啊？是要問為什麼在這個時間點出外傳短篇集對吧？第四集在那麼令人在意的地方結束，不出續集卻插入外傳短篇集簡直瘋了對吧？我知道的……那就容我說明一下吧！無論如何都會發生許多事件的暑假劇情，根本不可能塞進同一集啊！說起來從第一集到第三集的劇中時間大概是一個多月耶？時間差不多長的暑假劇情，怎麼可能只在一集就寫完啊！不准小看我寫文章的冗長程度！我反倒希望各位能稱讚下一集會確實進入第二學期。換言之，我想說的就是對不起我錯了。是我不好。下一集也不會間隔太久就獻給各位，懇請原諒。我在自己有錯的時候會率直（以下略）。呵，即使在必須寫六千字的這個狀況，還是用「以下略」來省下多餘的字數，我的個性真是正經八百……我試著像這樣自我陶醉盡量騙字數。

說起來，沒想太多就胡亂寫到這裡的時間點，我的個性就明顯不正經了。我認為後記應該是要放空腦袋來寫，而且不能提及劇情內容。感覺好像又離題了，不過關於這一集，我要在這裡說一件重要的事情。

這集是外傳短篇集，不過坦白說即使不看，也不會影響第五集以後的閱讀感。

第五集以後，沒有任何不看本集就看不懂的內容。頂多就是看完本集可以更深入了解第四集的內容，而且本書有幾個角色比正傳先登場，所以看到他們在第五集之後登場時會咧嘴一笑。咦？這種事要先說？早知道就不買了？就是因為知道有人會這麼抱怨，所以我刻意在後記這種不起眼的地方說。是的，我是骯髒的大人。若問我小時候是否純潔也有待商榷就是了。

……唔～～這次終究有點廢文過頭耶？獨霸天下的角川出版這種東西沒問題嗎？感覺放廣告也比這個來得好……不過現在這麼說也沒用，所以差不多該正式說一些正經事了。這次是真的。接下來是謝辭，所以我終究還是會正經行事。說太多又會變得像是在搞笑，所以差不多就此打住吧。

首先，本書的書腰也已經寫到，《遮羞艾莉》也終於榮幸改編成漫畫了。負責的漫畫家是手名町紗帆老師。今後請多多指教。請各位看看書腰的艾莉多麼美麗。彩圖出色到即使聽人說是超人氣插畫家也會正常相信對吧？《遮羞艾莉》有幸經由如此精湛的畫技改編成漫畫，對於接下工作的手名町紗帆老師以及從中牽線的編輯大人，我心裡只有感謝。而且手名町老師不只是圖畫得美麗，情感表現也很卓越。戀愛喜劇的俏皮部分當然不用說，青春的嚴肅部分也發揮美妙的表現力。對此，以年輕人的苦惱當成下酒菜享受葡萄酒的老害最終大魔王如我，也從現在就開始挑選葡萄酒要搭配政近的苦惱一起享用。但我不擅於喝酒就是了。

不只如此，手名町老師的人品也很出色。在確定負責畫本作漫畫的時候，居然親筆寫了一封信給我，還附上全新繪製的艾莉插圖。我從來沒想過會收到漫畫家老師的問候信，所以非常感動。這部分非常謝謝老師。收到的信我會裝進壓克力相框展示，世世代代傳下去。

因此，手名町老師改編的漫畫版，我自己也滿心期待。聽說已經開始進行分鏡工作，所以從現在就等不及了。我認為肯定會是出色的改編漫畫作品，請各位也從現在就安裝「MagaPoke」。正在那邊心想：「咦？既然是MagaPoke，所以是講談社嗎？」的敏銳的你。在這個世界上，有些事情不要察覺比較好哦？……其實並不是有什麼必須這麼說的苦衷，不過這件事說來話長又麻煩咳咳，由於說起來會很複雜，所以不方便詳細說明。

那麼那麼接下來，這次也有幸請到兩位非常優秀的畫師繪製宣傳圖。

第一位是黑兔ゆう老師。我在推特看見老師負責繪製插圖的某部作品封面過於美妙，所以請編輯大人准許我向老師邀稿。我鮮少自己傳訊息委託繪製宣傳圖，所以光是老師接受邀稿就非常開心。而且老師繪製的泳裝艾莉美妙無比……那種壓倒性的透明感是怎麼回事？水與陽光都好美，盛夏精靈的感覺真是不得了。眼睛尤其好看，洋溢著傲嬌的感覺，同時帶著幾分嫵媚。還有以仰角描繪的迷，死，人的身體線條！近乎犯罪的腰身！肉感的大腿！謝謝老師！沒看過實際成品的各位，這張圖應該有做成精品當成某間店鋪的特典，請去找找看，然後請買下來。至於重複購買的書，只要當成保存用或是傳教用就是實質免費。只有極限阿宅會接受這種粗暴的論點。

接下的第二位……居然是和遙キナ老師。謝謝老師。真的謝謝老師。我實現一個夢想了。

和遙キナ老師是我成為阿宅之後第一位喜歡上的畫師。在這之前說到畫師只知道いとうのいぢ老師的我，第一次自己查出姓名的畫師就是和遙キナ老師。我買的第一本畫冊、第一份月曆以及第一本簽名本也都是老師的。在「成為小說作家吧」短篇綜合排行榜獲得第一名的某作品以老師的插圖出書時，身為短篇作家的我心想「真的假的，這就是網小作家夢嗎……！」戰慄不已。不過在有幸請老師繪製宣傳圖的現在，網小作家夢正是我自己。這一段各位可以當成沒看過。

請和遙キナ老師繪製的角色當然是艾莉……不對，是有希。因為說到和遙キナ老師就是黑髮女主角。即使艾莉是第一女主角，我也不會犯下請老師繪製銀髮女主角的愚蠢行徑。從老師筆下畫出來的宣傳圖何其美麗！感覺可以直接用來當成冷飲廣告，壓倒性的健全與清新感！隨風飄逸的黑髮！太美了！和遙キナ老師的黑髮角色是世界第一——！

……如此大喊的時候，早就已經超過六千字吧？別說六千字，甚至超過七千字？這麼一來就不必以奸詐的伎倆騙字數了。總之，編輯大人給的標準肯定有某種程度的緩衝空間，即使超過一千字左右也放得下吧。放不下的話只要刪掉那段莫名其妙的等待時間就好……慢著，咦？印在紙上校正之後發現十三頁就裝得下？多了一頁，所以只放一張廣告？

……好耶——！延長戰來啦——！我現在就加寫七百字左右，讓你們沒有放廣告的餘地！說成七百字聽起來很少，不過幾乎和一般跨頁不包括謝辭的後記分量差不多所以不太妙吧！在列印校正的階段加寫這麼多。真是的，也不想想為編輯大人添了多少麻煩！真的很對不起，編輯大人的寬闊心胸令我感謝又感激。

那麼，延長戰嗎……要寫什麼？唔～對編輯大人提出這種任性要求，要是繼續寫廢文也不太好……沒辦法了，稍微寫一些和本集劇情有關又有點內容的話題吧。

這次在劇中登場的三種俄式料理——俄國餃子、烏克蘭餃子與雜拌湯的外表與味道，是參考作者實際在俄式餐廳吃過的料理。說來驚人，雜拌湯真的是披薩的味道，俄國餃子正如預料完全是水餃。然後，烏克蘭餃子與俄國餃子只有內餡不同，以料理來說感覺沒什麼不同。不過我是在同一間店吃的，所以也理所當然吧。

此外，我也試吃了俄式的雞肉凍……嗯，那個相當不得了。我顫抖了。不是綾乃的那種顫抖。有興趣的人當成話題找間餐廳吃吃看或許不錯。愛不愛吃應該會明顯因人而異，所以建議吃的時候多找幾個人一起去。自己實在吃不完的時候，可以悄悄塞給愛吃的人。懂嗎？這是過來人的建議。

嗯……加寫的部分看起來最像後記，這是怎麼回事？話說後記到最後總共是八千兩百字？說真的，還不如正常多寫一個短篇吧？

總之……既然事情已經發生就沒辦法了。那麼在最後，對於本次也因為原稿寫得很慢而造成困擾的編輯宮川夏樹大人，以及這次也在百忙之中繪製許多真的非常出色插圖的畫師ももこ老師。封面的瑪夏以及全新繪製的兔女郎艾莉與魅魔艾莉撼動我的靈魂，宅女沙也加與型男政近令我忍不住笑出聲。超棒的。最後還有參與本書製作的所有恩人以及拿起本作品的讀者們，容我致上多到從鼻子冒出的謝意。謝謝大家！希望還能在下一集見面。後會有期。

《遮羞艾莉》
請各位多多支持
與指教!

國家圖書館出版品預行編目資料

不時輕聲地以俄語遮羞的鄰座艾莉同學．4.5，Summer Stories/燦燦SUN作；哈泥蛙譯. -- 初版. -- 臺北市：臺灣角川股份有限公司, 2023.05
面；　公分. -- (Kadokawa fantastic novels)

譯自：時々ボソッとロシア語でデレる隣のアーリャさん 4.5, Summer Stories
ISBN 978-626-352-533-7(平裝)

861.57　　112003773

Kadokawa
Fantastic
Novels

不時輕聲地以俄語遮羞的鄰座艾莉同學 4.5

Summer Stories

（原著名：時々ボソッとロシア語でデレる隣のアーリャさん 4.5 Summer Stories）

2023年5月25日 初版第1刷發行
2024年8月27日 初版第5刷發行

作　者：燦燦SUN
插　畫：ももこ
譯　者：哈泥蛙

發 行 人：台灣角川股份有限公司
總　監：呂慧君
總 編 輯：蔡佩芬
主　編：林秀儒
編　輯：黎夢萍
設計指導：陳晞叡
美術設計：吳佳昀
印　務：李明修（主任）、張加恩（主任）、張凱棋、潘尚琪

發 行 所：台灣角川股份有限公司
地　址：104台北市中山區松江路223號3樓
電　話：（02）2515-3000
傳　真：（02）2515-0033
網　址：www.kadokawa.com.tw
劃撥帳戶：台灣角川股份有限公司
劃撥帳號：19487412
法律顧問：有澤法律事務所
製　版：尚騰印刷事業有限公司
ISBN：978-626-352-533-7